外國文學珍品系列 5

海浪與思想

丘特切夫詩選

丘特切夫◎著
查良錚◎譯

《外國文學珍品系列》
出版前言

前蘇聯詩人阿赫瑪托娃（1889-1966）有一首短詩，談到詩人這一行業，說：

> 我們的神聖行業
>
> 歷史久長⋯⋯
>
> 世界有了它，沒有光也明亮

這裡的詩，可以擴大其意義，指所有的文學。表面看起來，文學是最沒有實用價值的，然而，奇怪的是，自古至今所有的文明，都產生了「文學」這種奇怪的東西。最近一百多年，有了電影、有了電腦，不少人斷言，文學終將滅亡。但是，文學是不可取代的，也是不會滅亡的，除非人類也滅亡了。原因就正如阿赫瑪托娃所說的，只要有了文學，黑暗的世界也會變得明亮。

現在這個世界，充滿了功利，金錢可以衡量一切。為了金錢，人們你爭我奪，世界充滿了仇恨；因為仇恨，世界到處看到鬥爭與戰爭，人類生命破碎不堪。這個時候就需要文學。文學也許不能改變世界，但文學可以讓某一些人的人生變得更完整、更明亮，文學至少可以拯救某一些人。

文學的寶藏是無法估價的，可以毫不誇張的說，它的蘊藏量遠遠超過世界上所有的石油，說得上取之不盡，用之不竭。我們常常用「世

界文學名著」這樣的概念來提供閱讀書單,這恰恰限制了我們對文學的欣賞。數不盡的優秀的文學作品,對數不盡的心靈有所需求的人開放,就看我們有沒有機會碰上。

我們只能盡一點小小的力量,提供一些也許會讓你產生強烈共鳴的作品。這些作品,台灣很少看到,或者幾乎看不到,但可以保証,這些都是一流的作品,翻譯也是一流的翻譯。這是一個很特異的小型圖書館,希望你可以在裡面找到你喜歡的東西,甚至找到你意想不到的心靈的寄託。

目　　錄

並非偶然
——查良錚選擇了丘特切夫

呂正惠

一

　　這本書排好版，經過三校，只等我的序文，就可以出版了，但我卻遲遲無法動筆。我猶豫再三，不知道用哪種方式來寫較爲恰當。這是因爲，本書的作者，俄羅斯詩人丘特切夫（1803-1873）恐怕台灣沒有幾個人知道；而本書的譯者查良錚（筆名穆旦，1918-1977）雖然在大陸已成爲最受人矚目的現代派詩人和著名的翻譯家，在台灣目前仍然很少人談論，這讓我不知如何下手才好。

　　這麼說好了：如果要在中國（包括台灣、香港地區）學習西方現代主義詩歌的許許多多現代詩人中，選出一個我最欣賞的，那麼，這個人就非穆旦莫屬了。如果要我選出十位最有成就的中國現代詩人，我也一定會把穆旦列入。中國現代詩人爲了探索新詩的創作道路，常常兼任翻譯家，把無數的外國名作介紹到中國來。這些詩人在翻譯上貢獻最大的，可能要數戴望舒、卞之琳和穆旦三人，其中，我還是最喜歡穆旦。穆旦譯過普希金、拜倫、雪萊、濟慈、艾略特、奧登等等，凡是別人也曾翻譯的，我大半偏愛穆旦的譯作。（按照習慣，穆旦的翻譯署本名查良錚，詩創作署筆名穆旦，以下行文一律用查良錚。）

　　查良錚譯拜倫的長詩《唐璜》，初稿花了三年時間，最後一次修訂

用了一年多，出版後受到一致肯定，《唐璜》的譯本就足以使查良錚不朽。查良錚本人的詩風偏於乾硬、喜愛嘲諷，也可以抒情，這種特質，譯拜倫是不二人選。他晚年修訂、增補的《拜倫詩選》，我也認為難以超越。此外，我最喜歡的是他的《丘特切夫詩選》。我曾和谷羽先生（他也是俄羅斯詩歌的翻譯名家）聊天，他也認為，穆旦譯丘特切夫，是中國現代翻譯的「奇緣」，值得大書特書。

丘特切夫是和普希金（1799-1837）、萊蒙托夫（1814-1841）並稱的俄國浪漫主義時期三大詩人，不過，丘特切夫大半的作品寫於 1850 年以後，在世時名聲不大，1890 年代象徵派對他大為推崇，確立了大詩人的地位，此後一直備受俄羅斯人喜愛。

自清朝末年開始譯介外國文學以來，中國從來就沒有遺漏過俄羅斯文學。如果從整體的歷史累積來看，俄羅斯文學的翻譯，不論質、量，不論文學史的覆蓋面，在外國文學中可能是首屈一指的（當然，這也因為俄羅斯文學史較西歐諸大國要短得多）。這些翻譯，主要以小說為主，詩歌相對來講要少得多。不過，像普希金、萊蒙托夫這兩個深具革命激情的詩人，其譯作量之大，實在令人嘆為觀止。譬如，我買到的萊蒙托夫詩歌全集的譯本就有五種，普希金的代表作《葉夫蓋尼·奧涅金》我知道至少有七種以上的譯本。

相對來講，丘特切夫可以說完全受到冷落。除了像《俄國詩選》這類選集偶然可以讀到他的詩外，好像沒有任何一個俄國文學翻譯家特別關注過他。當我看到 1985 年外國文學出版社的《丘特切夫詩選》時，我簡直不敢相信自己的眼睛，再一看譯者是查良錚時，只能說好像看到了奇蹟。1990 年代我辛辛苦苦買到了當時所有重印或新印的查良錚譯作，其中以偶然發現的《丘特切夫詩選》最為難忘。

關於這本譯詩集的出版，查良錚的兒女們曾有生動的回憶：

1985 年金秋，即父親離世 8 年後，我們突然收到出版社的一封通知，說《丘特切夫詩選》已經出版，讓我們去領取稿酬。這個突然的通知使全家人迷惑不解，母親也不記得父親曾譯過這樣一部書。結果大家都認為是出版社弄錯了，母親馬上去信，請出版社再核對一下是否搞錯。幾天後出版社回信說，譯者無誤。是父親在 20 多年前即 1963 年寄給出版社的，但那時他的譯著不能出版。多虧出版社的妥善保護，使這部「凍結」20 餘年的譯著，在今天能夠與讀者見面。（見本書附錄四，206 頁）

這樣看來，查良錚譯《丘特切夫詩選》時，好像是一個孤獨者獨自面對這個以沈思見長的俄羅斯詩人，他好像要藉由這些耐人咀嚼而又引人回顧過去的詩歌來澄清自己無法言傳的苦悶。這一本詩集對當時的我來講，具有特殊的意義。我也有一種無法言說的痛苦，某些詩作對我產生強烈的衝擊，於是我就猜測，是否也因為類似的心境，查良錚才會去譯這個在中國還幾乎是默默無名的詩人。由此我想到了徐志摩《偶然》的第二節：

你我相逢在黑夜的海上，

你有你的，我有我的，方向；

　你記得也好，

　最好你忘掉，

在這交會時互放的光亮！

查良錚的一生和丘特切夫截然不同，然而，他們畢竟在 1963 年面對面「交會」了，這不是「偶然」，而是查良錚主動的選擇。這是我在 1890 年代讀這本譯詩集的感受，而且，我還揣測了他們「交會時互放的光亮」。當然，我必須承認，這只是一種揣測，可能離事實很遠，也許還大謬不然。然而我至今喜歡這種揣測，這讓這本詩集對我而言具有一種無可取代的意義。

二

下面我想用一種取巧的方式，吸引大家閱讀這本詩集。

1850 年，丘特切夫認識了斯莫爾學院院長的姪女葉連娜·杰尼西耶娃，丘特切夫的兩個女兒就在這所學院就讀。這一年，丘特切夫 47 歲，杰尼西耶娃才 24 歲，只比丘特切夫的大女兒大幾歲。沒想到兩人竟然一見鍾情，終於不顧輿論，覓地同居。這種「不法」的愛情引起俄國貴族社會的不滿，所有的污蔑和毀謗全落在杰尼西耶娃身上。這是絕望的愛情，帶給兩人無限的痛苦。杰尼西耶娃為丘特切夫生了兩個兒子，一個女兒，於 1864 年因肺病去世。丘特切夫為此痛徹心肺，愧悔不已。丘特切夫為杰尼西耶娃寫了許多詩作，一般習稱「杰尼西耶娃組詩」，這是他後期詩作中最為感人的作品。下面介紹其中四首：

> 你不止一次聽我承認：
> 「我不配承受你的愛情。」
> 即使她已變成了我的，
> 但我比她是多麼貧窮……

面對你的豐富的愛情
我痛楚地想到自己──
我默默地站著，只有
一面崇拜，一面祝福你……

正像有時你如此情深，
充滿著信心和祝願，
不自覺地屈下一膝
對著那珍貴的搖籃；

那兒睡著你親生的
她，你的無名的天使，──
對著你的摯愛的心靈，
請看我也正是如此。（本書 94 頁）

　　情人對著愛情的結晶「屈下一膝」，充滿了深情，而丘特切夫卻對自己不配享有這愛情深感慚愧，他知道情人承受了多少恥辱，不覺也對情人「屈下一膝」。你「不自覺的屈下一膝」和「我也正是如此」，這兩者的對比，形成了一種抒情式的悲劇張力。

一整天她昏迷無知地躺著，
夜的暗影已把她整個隱蔽。
夏日溫暖的雨下個不停，
雨打樹葉的聲音是那麼歡愉。

以後她在床上緩緩地醒來，

開始聽著淅淅瀝瀝的雨聲，

她凝神聽著，聽了很久，

似已浸沈在清醒的思索中……

好像她在和自己談話，

不自覺地脫口說了出來：

（我伴著她，雖僵木，但清醒）

「啊，這一切我多麼喜愛！」

…………

你在愛著，像你這種愛啊，

不，還沒有人能愛得這麼深！

天哪……受過這一切，而還活著……

這顆心怎麼還沒有碎成粉……（129 頁）

　　這首詩描寫杰尼西耶娃臨終前的情景。經過長久的昏迷，經過長達十四年的折磨，她最後一句話是，「這一切我多麼喜愛」。這個柔弱女人的愛情蘊藏了多麼大的力量啊，「受過這一切」，「這顆心怎麼還沒碎成粉」。能夠這樣感受女人命運的丘特切夫，就人格來講，我覺得比寫《安娜‧卡列尼娜》的托爾斯泰更勝一籌。就像查良錚在〈譯後記〉所說的，「杰尼西耶娃組詩」表現的是深具社會內涵的愛情悲劇，合起來就像讀了一部托爾斯泰式的小說。

在涅瓦河的輕波間
夜晚的星又把自己投落，
愛情又把它神秘的小舟
寄託給任性的浪波。

在夜星和波浪之間
它漂流著，像在夢中，
載著兩個影子，朝向
縹渺的遠方開始航程。

這可是兩個安逸之子
在這兒享受夜的悠閒？
還是兩個天國的靈魂
從此要永遠離開人間？

涅瓦河啊，你的波濤
廣闊無垠，柔和而美麗，
請以你的自由的空間
蔭護這小舟的秘密！（在涅瓦河上，87 頁）

　　這是這部小說的序曲。愛情的小舟只能把自己托付給任性的波浪，詩人不得不祈求涅瓦河「蔭護這小舟的秘密」。不久，你就會看到，「我們的愛情是多麼毀人」，「兩顆心的雙雙比翼」，就和「致命的決鬥差不多」，它讓我羞愧，讓我絕望，最後一切結束了，我「好像一隻殘破

的小船,被波浪拋到了荒蕪的、無名的岸沿」,它「消失了──就像你賴以生活、賴以呼吸的東西,整個隱沒。」最後,

我又站在涅瓦河上了,
而且又像多年前那樣,
還像活著似的,凝視著
河水的夢寐般的蕩漾。

藍天上沒有一星火花,
城市在朦朧中倍增嫵媚;
一切靜悄悄,只有在水上
才能看到月光的流輝。

我是否在做夢?還是真的
看見了這月下的景色?
啊,在這月下,我們豈不曾
一起活著眺望這水波?(140 頁)

把前一首和這一首加以對比,就可以發現前者是序曲,這一首是尾聲。「又像多年前那樣,還像活著似的,凝視著……」,說明現在的詩人是「心如死灰」了,而「心死」的人卻彷彿望見了從前「一起活著眺望這水波」的「我們」,這確實可以視為一首安魂曲。

當然,丘特切夫絕對不只是一個描寫絕望的愛情的詩人,這一點,請大家務必記住。

　　附記：根據朱憲生譯《丘特切夫詩全集》（漓江出版社，1998）的譯注（258 頁），「杰尼西耶娃組詩」共有 22 首（據《丘特切夫選集》，莫斯科 1986 年版）。這只是選集編注者的一種推測，因爲丘特切夫本人並沒有將此一一標出。也許因爲這種緣故，查良錚在譯本中也並未將每一首「杰尼西耶娃組詩」都標注出來。爲了讀者的方便，現將各首按本書順序標列如下：〈儘管炎熱的正午〉（90 頁）、〈你不止一次聽我承認〉（94 頁）、〈我們的愛情是多麼毀人〉（99 頁）、〈命數〉（101 頁）、〈別再讓我羞愧吧〉（102 頁）、〈你懷著愛情向它祈禱〉（103 頁）、〈我見過一雙眼睛〉（104 頁）、〈孿生子〉（105 頁）、〈哦，我的大海的波浪呀〉（106 頁）、〈午日當空〉（108 頁）、〈最後的愛情〉（110 頁）、〈北風息了〉（127 頁）、〈哦，尼斯〉（128 頁）、〈一整天她昏迷無知地躺著〉（129 頁）、〈在我的痛若淤積的歲月中〉（132 頁）、〈在那潮濕的蔚藍的天穹〉（136 頁）、〈我的心沒有一天不痛苦〉（138 頁）、〈我又站在涅瓦河上了〉（140 頁）——查良錚只譯了其中的 18 首，4 首未譯。

　　朱憲生的譯注和查良錚的〈譯後記〉都說，〈儘管炎熱的正午〉是組詩的第一首，但我很懷疑在此之前的〈在涅瓦河上〉（87 頁）也應該列入，我在本文的第二節末尾已加以指出。我不懂俄文，無法參考更多的資料，只能提出這種揣測，供大家參考。

　　又，查良錚的〈譯後記〉，是一篇非常傑出的評論文章，請大家務必參考，才能了解丘特切夫詩藝的全貌。

2011 年 9 月 18 日

　　補記：1953 年，查良錚不顧朋友的勸導，毅然決然的與太太周與良從美國回到新中國。從 1953 到 1958，他夜以繼日的工作，翻譯了普希金、拜倫、雪萊、濟慈、布萊克等人的詩，又翻譯了季摩菲耶夫和別林斯基的文學理論著作，數量之大，令人難以想像，他急切地想以翻譯工作參與新中國的建設。然而，1958 年，他卻被天津人民法院判為「歷史反革命」，「接受機關管制」三年，逐出講堂，到南開大學圖書館監督勞動。此後，一直到 1977 年 59 歲時猝死，很少有舒心的時候。即使在這樣的日子裡，他仍然把握極為零碎的時間，翻譯《丘特切夫詩選》和拜倫的《唐璜》，又修訂了普希金的《抒情詩選》、《歐根‧奧涅金》和《拜倫詩選》，還新譯了《英國現代詩選》。在生活上，他自奉甚儉，但朋友有難，卻又慷慨解囊。他的一生，既讓人感到無奈與嘆息，卻又令人肅然起敬。為了讓讀者了解他的生平，我們在書後附了四篇文章，供讀者參考。

　　人民文學出版社於 2005-06 年出版《穆旦譯文集》8 冊、《穆旦詩文集》2 冊，是目前搜集穆旦創作與譯作最完整的版本。

淚

哦，淚之泉⋯⋯
格雷①

朋友啊，我愛看一杯美酒——
它的紅色光焰、點點星火，
我也愛看枝葉間的葡萄——
紅寶石般的噴香的碩果。

我愛看宇宙萬物靜靜地
沉沒在那春光的海洋裡，
世界在浮香中安詳睡去，
又似從夢中漾出了笑意！⋯⋯

我愛看春天的溫和的風
把美人的臉點燃得火紅，
它忽而在那酒渦裡啜飲，
忽而把動情的髮絲撩弄。

但葡萄美酒、芬芳的玫瑰，
或維納斯的百般的嫵媚，
怎比得上你啊，神聖的淚，
你這天國的朝霞的露水！⋯⋯

---

① 格雷，英國十八世紀的詩人。

神靈的光在粒粒火珠中
灼灼閃耀，它折射的光線
繪出一道道活潑的彩虹
在生活的雷雨的烏雲間。

淚之天使啊，你若用翅膀
觸及人的眼珠，他的淚泉
立刻會教濃霧消散，
穹蒼裡便充滿天使的臉。

一八二三年

黃　昏

好像遙遠的車鈴聲響
在山谷上空輕輕迴蕩，
好像鶴群飛過，那啼喚
消失在颯颯的樹葉上。

好像春天的海潮泛濫，
或才破曉，白天就站定——
但比這更靜悄，更匆忙，
山谷裡飄下夜的暗影。

一八二六年

日　午

蔭濃的日午懶懶地呼吸，
大河的流水懶懶地前去，
片片的白雲懶懶地消融
在熾熱的晴朗的天空中。

炎熱的睡意似霧般濃，
把大自然整個的罩籠；
連偉大的牧神①也躲入
林神水妖的幽暗洞府。

一八二七～一八三〇年

---

① 希臘神話中的牧神象徵自然的精靈，或自然界。古代人認為他午睡的時刻是神聖的。

春　　雷

五月初的雷是可愛的：
那春季的第一聲轟隆
好像一群孩子在嬉戲，
鬧聲滾過碧藍的天空。

青春的雷一連串響過，
陣雨打下來，飛起灰塵，
雨點像珍珠似的懸著，
陽光把雨絲鍍成了黃金。

從山間奔下湍急的小溪，
林中的小鳥叫個不停，
山林的喧嘩都歡樂地
迴蕩著天空的隆隆雷聲。

你以為這是輕浮的赫巴①
一面餵雷神的蒼鷹，
一面笑著自天空灑下
滿杯的沸騰的雷霆。

一八二八年

---

① 赫巴是雷神宙斯之女，青春女神，她的職務是給眾神斟酒。

5

夏　晚

那赤熱的火球，太陽，
已被大地從頭頂推落，
傍晚靜靜的漫天火焰
也被海波逐漸吞沒。

明亮的星星已經升起，
它們以濕灣灣的頭頂
撐高了以濃密的蒸汽
重壓著我們的蒼穹。

在天空和大地之間
頓覺氣流有一些波動，
心胸解除了炎熱的窒息，
呼吸起來也更加輕鬆。

於是一陣甜蜜的寒戰，
像流水，通過自然底脈絡，
彷彿它的火熱的腳
突然觸著清泉的冷波。

一八二九年

快樂的白天還在沸騰

快樂的白天還在沸騰，
街上的人群熙熙攘攘，
但傍晚浮雲的暗影
已在明亮的屋頂上飛翔。

美好生命的各種喧聲
有時傳到耳邊：這一切
模糊的繁響啊，在空中
融成了一片和諧的音樂。

春日的倦慵蕩漾在心頭，
神志不白覺地昏迷起來，
我不知道睡了有多久，
但甦醒卻又這般奇怪……

哪裡也聽不見喧聲，
只有寂靜主宰一切——
牆上浮動著一片暗影，
半朦朧的幽光在閃瀉。

偷偷地，蒼白的月亮
透過我的窗戶向內窺探，
我覺得彷彿是它的光
在守護著我輕輕睡眠。

我覺得，似乎在渺冥間，
有一個慰人的精靈把我
引出了金色輝煌的白天，
帶進神秘的幽靈王國。

一八二九年

不 眠 夜

時鐘敲著單調的滴答聲，
你午夜的故事令人厭倦！
那語言對誰都一樣陌生，
卻又似心聲人人能聽見！

一天的喧騰已逝，整個世界
都歸於沉寂；這時候誰聽到
時間的悄悄的嘆息和告別，
而不悲哀地感於它的預兆？

我們會想到：這孤凄的世間
將受到那不可抗拒的命運
準時的襲擊；掙扎也是枉然：
整個自然都將遺棄下我們。

我們看見自己的生活站在
對面，像幻影，在大地的邊沿，
而我們的朋友，我們的世代，
都要遠遠隱沒，逐漸暗淡；

但同時，新生的、年輕的族類
卻在陽光下生長和繁榮，
而我們的時代和我們同輩
早已被他們忘得乾乾淨淨！

只偶爾有時候，在午夜時光，
可以聽到對死者的祭禮，
由金屬撞擊所發的音響
有時由於悼念我們而哭泣。

一八二九年

天　　鵝

休管蒼鷹在怒雲之上
迎著急馳的電閃奮飛，
或者抬起堅定的目光
去啜飲太陽的光輝；

你的命運比它更可羨慕，
潔白的天鵝！神靈正以
和你一樣純淨的元素
圍裹著你翱翔的翅翼。

它在兩重深淵之間
撫慰著你無涯的夢想，——
一片澄碧而聖潔的天
給你灑著星空的榮光。

一八二〇～一八三〇年

山中的清晨

一夜雷雨洗過的天空
漾著一片蔚藍色的笑，
蜿蜒的山谷露華正濃，
像一條絲帶灼灼閃耀。

雲霧環繞著崇山峻嶺，
卻只瀰漫到半山腰間；
彷彿於高空中傾圮著
那由魔法建成的宮殿。

一八三〇年

雪　山

太陽射下垂直的光線，
日午的時光正在燃燒；
山中的樹林一片幽暗，
只見霧氣在氤氳繚繞。

在山下，碧藍的湖面
像一面銅鏡閃著幽光，
溪水從曝曬的山石間
沖向這低窪的故鄉。

正當這山谷的世界
疲弱無力，睡意朦朧，
在日午的幽影下安歇，
充滿了芬芳的倦慵，——

在山巔，好像一群天神
超然於垂死的大地，
冰雪的峰頂正在高空
和火熱的藍天嬉戲。

一八三〇年

好似海洋環繞著地面

好似海洋環繞著地面
世上的生命被夢寐圍抱;
夜降臨了——大海朝著岸沿
拍擊著它的轟響的波濤。

它在催逼我們,懇請我們⋯⋯
魔力推動小舟離開海港;
潮水上漲,飛快地把我們
帶往無涯的幽黑的海上。

星辰的榮光燃燒在中天,
天穹從深處窺視著小舟,
我們航行在無底的深淵,
烈火熊熊,環繞在我們四周。

一八三〇年

海　駒

駿馬啊，海上的神駒，
你披著淺綠的鬃毛，
有時溫馴、柔和、隨人意，
有時頑皮、狂躁、疾奔跑！
在神的廣闊的原野上，
是風暴哺育你長成，
它教給你如何跳蕩，
又如何任性地馳騁！

駿馬啊，我愛看你的奔跑，
那麼驕傲，又那麼有力，
你揚起厚厚的鬃毛，
渾身是汗，冒著熱氣，
不顧一切地沖向岸邊，
一路發出歡快的嘶鳴；
聽，你的蹄子一碰到石岩，
就變為水花，飛向半空！……

一八三〇年

在這兒，只有死寂的蒼天①

在這兒，只有死寂的蒼天
委頓地望著貧瘠的大地，——
在這兒，疲倦了的大自然，
墮入鐵一般沉重的夢裡……

只有白樺在這裡那裡，
或是灰苔，或是矮樹林，
好像熱病患者的夢囈
驚擾這死沉沉的寂靜。

一八三〇年

---

① 丘特切夫於 1830 年自慕尼黑返回俄國一次，本詩和後面兩首詩「我驅車馳過利旺尼亞的平原」及「鬆軟的沙子深可沒膝……」都是記述往返途中所見的情景。

恬　靜

雷雨過了。巨大的橡樹
被雷擊倒，灰藍色的煙
從枝葉間不斷地飄出，
飛入雷雨洗過的碧空間。
林中的鳥兒早已在啼叫，
那歌聲更加響亮動聽；
彩虹從天上彎下一隻角，
搭在高山翠綠的峰頂。

一八三〇年

漂　泊　者

宙斯①悅納貧窮的香客，
神聖的華蓋在他頭上煜燁！……
無家可歸的流浪者
成了天國眾神的賓客！……

眾神手創這奇妙世界，
千姿百態，氣象萬千，
就在他的面前一一展現，
給他以啟示、教益和喜悅……

通過村莊、田野和城市，
他的道路無比光明——
整個大地任隨他步行，
他看見一切並稱頌上帝！

一八三〇年

---

① 宙斯是希臘神話中的雷神，也是眾神之主。

瘋　狂

當天空炎熱得像煙霧，
和燒毀的大地相交融，
在那兒，就有可憐的瘋狂
活躍在無憂的歡樂中。

它埋在乾旱的沙地下，
被火焰的光烤得灼熱，
於是睜大玻璃的眼睛
徒然地往雲端去探索。

突然間它振奮起來，
用敏銳的耳朵貼著
有裂縫的大地，貪婪地
傾聽著什麼而暗暗歡樂。

它覺得它聽到了泉水
在地下沸騰的奔流聲，
啊，流水在唱著搖籃曲，
並且喧騰地從地下迸湧！……

　　　　　　　　　　　一八三○年

我驅車馳過利旺尼亞的平原

我驅車馳過利旺尼亞①的平原，
我舉目四望，啊，一切如此淒涼……
沙石的土地，灰暗無神的天，
一切給我的心以無窮的感傷。

我想起這悲慘的土地的過去，
那血腥的統治，那可恥的一切，
它的子孫曾怎樣俯首屈膝
吻著泥土，和騎士們的馬靴。

我望著你，濤濤的河水，
也望著你，岸邊的橡樹，
你們從遠方來到這裡，
你們曾陪伴過昔日的景物！

奇妙啊，惟有你們竟能
從另一世界來到這裡；
唉，關於那個世界，你們
哪怕回答我僅僅一個問題！……

但大自然對於往事緘默不語，
只以神秘的微笑面對著人，

---

① 利旺尼亞是拉脫維亞和愛沙尼亞的古稱，十三至十六世紀曾為德國的僧侶騎士團所
統治。

好像意外看到夜宴的童子，
白天也閉著嘴，諱莫如深。

一八三〇年

鬆軟的沙子深可沒膝……

鬆軟的沙子深可沒膝……
我們行進著──日已傍晚;
路旁松樹投下的影子
已經溶匯成一片幽暗。
越往前,松林越密,越黑,
這是多麼陰鬱的地方!
黑夜好似百眼獸,皺著眉,
從每座樹叢中向人窺望!

一八三〇年

秋天的黃昏

秋天的黃昏另有一種明媚，
它的景色神秘、美妙而動人：
那斑斕的樹木，不祥的光輝，
那紫紅的枯葉，颯颯的聲音，
還有薄霧和安詳的天藍
靜靜籠罩著淒苦的大地；
有時寒風捲來，落葉飛旋，
像預兆著風暴正在凝聚。
一切都衰弱，凋零；一切帶著
一種淒涼的，溫柔的笑容，
若是在人身上，我們會看作
神靈的心隱秘著的苦痛。

一八三〇年

樹　葉

就讓蒼松和樅樹
去驕傲吧，整個冬天
讓它們挺立著枝葉，
圍裹著風雪睡眠。
它們的綠葉羸瘦得
像刺猬的尖刺一般，
雖然它從不變黃，
但也從不會鮮豔。

我們呢，快活的族類，
蓬蓬勃勃地活一陣，
在樹枝的筵席上
只是短暫的客人。
整個美麗的夏天，
我們都欣欣向榮，
不是在露水裡沐浴，
就是和陽光戲弄。

然而小鳥唱完了歌，
花兒也都凋謝枯萎，
陽光變得蒼白了，
暖和的風也不再吹。
這時節我們何必
留在枝上變黃、衰敗？
不如隨它們一起

飛去吧，那倒更痛快！

哦，怒吼的狂風，
快些吹呀，快些吹呀！
從這討厭的枝上
快快把我們扯下！
快些扯吧，快些吹吧，
我們不願意多等待；
飛，飛，狂暴的風啊！
我們和你一起飛開！⋯⋯　　　　　一八三〇年

阿 爾 卑 斯

阿爾卑斯的雪山峻嶺
刺透了湛藍的夜幕,
峰巒睜著死白的眼睛
給人以徹骨的恐怖。
雖然都在破曉前安睡,
卻閃著威嚴的容光,
霧氣繚繞,崢嶸可畏,
像一群傾覆的帝王!

但只要東方一泛紅,
死亡的瘴氣便消散,
最高的山峰像長兄
首先亮出他的冠冕;
接著,曙光從高峰流下,
把輔峰也都一一點燃,
頃刻間,這復活的一家
金冠並呈,多麼燦爛!……

一八三〇年

對於我，這難忘的一天

對於我，這難忘的一天
曾經是我生命的清晨：
她默默地站在我前面，
胸脯如波浪起伏，她的臉
泛起一片朝霞的嫣紅，
越來越熱熾地燃燒！
而突然，像旭日初升，
從她的深心裡躍出了
金色的愛情的表白——
啊，一個新世界對我展開！……

一八三〇年

病毒的空氣

我愛這神靈的憤怒！我愛這充沛一切
卻隱而不見的「惡」：它隨著鮮豔的花朵
而盛開，和澄澈的源泉一起流瀉，
彩虹中有它，它就在羅馬的天空飄過。
在頭上，仍舊是那高潔無雲的碧霄，
你的心胸也仍舊呼吸自如而舒暢；
還一樣有溫暖的風舞弄著樹梢，
玫瑰的芬芳依舊；但這一切都是死亡！⋯⋯

誰知道呢？也許，大自然所以充沛著
美好的光、影、聲、色，如此令人陶醉，
只不過是預兆著我們的最後一刻，
並給我們臨終的痛苦送一些安慰！
命運的致命的使者啊，當你要把
大地之子喚出生之領域時，是否就以
這一切當作掩蓋自己形象的輕紗，
從而使人看不見你的恐怖的襲擊？

一八三〇年

西　塞　羅

在國事的危急與風暴中，
羅馬的演說家①感嘆說：
「我來得太遲了！我才上路，
羅馬的夜就已面臨著我。」
是的！你送別了她的榮耀，
然而，從那卡比托②的山坡
你卻看到了偉大的一景：
羅馬的血紅星宿的隕落！……

幸運的人啊！只要能看到
世界的翻天覆地的一刻——
只要是能被眾神邀請
作為這一場華筵的賓客，
那他就看到莊嚴的一幕，
他是走進了神的座談會，
雖然活在世上，卻好似神仙
啜飲著天庭的永恆之杯！

一八三〇年

---

① 指西塞羅（紀元前 106 －前 43），羅馬的政治家、文學家和演說家。
② 卡比托，羅馬的山坡，其上有神殿。

好似把一卷稿紙

好似把一卷稿紙放在
熱爐上，由冒煙而至燒毀，
那是一種隱秘的火焰
一字字地把全文變成灰；

同樣，我的生命憂鬱地
腐蝕著，每天化為煙飛去，
就在這難忍的單調中，
我將同樣地漸漸燃熄！⋯⋯

天哪！我多麼希望把心中
這半死的火任情燒一次，
不再折磨，不再繼續苦痛，
讓我閃閃光──然後就死！

一八三〇年

春　水

田野裡還閃著積雪，
春天的河水已在激盪——
流啊，流啊，它喚醒了
沉睡的兩岸，邊流邊唱：

「春天來了，春天來了！
我們是新春的先鋒，
她派我們先來通報。」
果然，緊隨著這片喧聲，

文靜、溫和的五月
跳起了歡快的環舞，
閃著紅面頰，爭先恐後
出現在春水流過的峽谷。

一八三〇年

沉　默　吧！

沉默吧，把你的一切情感
和夢想，都藏在自己心間，
就讓它們在你的深心，
好似夜空中明亮的星星，
無言地升起，無言地降落，
你可以欣賞它們而沉默。

你的心怎能夠吐訴一切？
你又怎能使別人理解？
他怎能知道你心靈的秘密？
說出的思想已經被歪曲。
不如挖掘你內在的源泉，
你可以啜飲它，默默無言。

要學會只在內心裡生活——
在你的心裡，另有一整個
深奧而美妙的情思世界；
外界的喧囂只能把它湮滅，
白日的光只能把它沖散，——
聽它的歌吧，——不必多言！……

一八三○年

在人類這株高大的樹上①

在人類這株高大的樹上
你是那最碧綠的一葉，
受著最明淨的陽光撫養，
充滿了它的最純的汁液！

對它偉大心靈的每一輕顫
你比誰都更能發出共鳴：
或則與欲來的雷雨會談，
或則快樂地戲弄著輕風！

不等夏日的暴雨或秋風
把你吹落，你便自己飄下，
你的壽命適中，享盡了光榮，
好似從花冠上墜落的一朵花！

一八三二年

---

① 　本詩為紀念德國詩人歌德的死而作。

給──

你那漾著盈盈笑意的嘴唇，
你那少女的面頰的紅潤，
你明亮的眸子，火星般閃爍，
一切充滿了青春的誘惑……
啊，想必是愛情展翅飛翔
輕輕送來這多情的目光，
它帶著一種奇異的權力
要把心靈誘入美妙的牢獄。

一八三三年

從山頂滾下的石頭呆在山坳

從山頂滾下的石頭呆在山坳。
它怎樣落下的？如今已無人知道，
它的墜落可是出於自己的意志？
還是一隻有思想的手把它拋棄？
時光過了一個世紀又一個世紀，
還沒有人能夠解答這個問題。

一八三三年

行吟詩人的豎琴

行吟詩人的豎琴！你久已
被棄置在一角，蒙在灰塵裡，
但只要月光投給幽暗以嫵媚，
使你那一角披上藍色的光輝，
你的弦會突然輕輕地顫慄，
並發出樂音，像心靈的夢囈。

啊，這月光喚醒了你的過去，
是怎樣的生活被你回憶起！——
你可是想到夜夜都伴奏過
那久已逝去的少女的情歌？
或是在這依舊茂盛的花園中
她們那聽不見的輕悄的腳步聲？

一八三四年

啊，我記得那黃金的時刻①

啊，我記得那黃金的時刻，
我記得那心靈親昵的地方：
臨近黃昏，河邊只有你我，
而多瑙河在暮色中喧響。

在遠方，一座古堡的遺跡
在那小山頂上閃著白光，
你靜靜站著，啊，我的仙女，
倚在生滿青苔的花崗石上。

你的一隻纖小的腳踩在
已塌毀的一段古老的石牆上，
而告別的陽光正緩緩離開
那山頂，那古堡和你的面龐。

向晚的輕風悄悄吹過，
它把你的衣襟頑皮地舞弄，
並且把野生蘋果的花朵
——朝你年輕的肩頭送。

你瀟灑地眺望著遠方……
晚天的彩霞已煙霧迷離，

---

① 本詩所寫的，是詩人和克呂德納男爵夫人（1808-1888）的一段往事。他們在 1823 年
相識，三年之後，她和詩人的同僚克呂德納結了婚。

白日燒盡了，河水的歌唱
在幽暗的兩岸間更清瀝。

我看你充滿愉快的心情
度過了這幸福的一日；
而奔流的生活化為幽影，
正甜蜜地在我們頭上飛逝。

一八三四～一八三六年

海 上 的 夢

海濤、風暴搖著我們的小舟，
困倦的我任隨波浪來漂流。
我感到兩個無極，兩個宇宙，
盡在固執地把我捉弄不休。
在我周圍，山岩被擊得轟響，
風和風相呼應，海浪在歌唱。
這一片喧囂雖然震得我耳聾，
我的夢卻超越這一切而飛騰。
它充滿無言的魅力，光輝刺眼，
在繁響、黑暗和混沌之上飄旋。
那是由熱病的光照明的世界：
大地綠油油，天空一片澄潔，
有曲折的花園、宮室和回廊，
還有一群無聲的人在奔忙。
我認識了許多陌生的面孔，
許多珍禽異獸，美妙的生靈，
而我像上帝一般闊步雲端，
看腳下的世界凝然閃著光。
但在這夢中，我還不斷地聽到
大海的轟響，好似巫師在號叫。
不料如此平靜的夢之王國
竟濺來了咆哮的大海的泡沫。

一八三六年

不，大地母親啊

不，大地母親啊，我不能夠
掩飾我對你的深深愛情！
你忠實的兒子並不渴求
那種空靈的、精神的仙境。
比起你，天國算得了什麼？
還有春天和愛情的時刻，
鮮紅的面頰，金色的夢，
和五月的幸福算得了什麼？……

我只求一整天，閒散地，
啜飲著春日溫暖的空氣；
有時朝那碧潔的高空
追索著白雲悠悠的蹤跡，
有時漫無目的地遊蕩，
一路上，也許會偶爾遇見
紫丁香的清新的芬芳
或是燦爛輝煌的夢幻……

一八三六年

被藍色夜晚的恬靜所籠罩

被藍色夜晚的恬靜所籠罩，
這墨綠的花園睡得多甘美；
從蘋果樹的白花間透出了
金色的月輪，多動人的光輝！……

神秘得像創世的第一天，
深邃的天穹裡星群在燃燒，
遠方的樂音依稀可以聽見，
附近溪水的談心在花間繚繞……

當白日的世界被夜幕遮沒，
勞作沉睡了，運動也筋疲力盡……
在安睡的城和林頂上，卻飄著
夜夜都醒來的奇異的轟鳴……

這不可解的喧嘩來自哪裡？……
它可是人在夢中流露的思想？
或是隨著夜之混沌以俱來的
無形的世界在空中攘攘攘攘？……

一八三六年

在鬱悶空氣的寂靜中

在鬱悶空氣的寂靜中，
好似雷雨的預兆，
玫瑰的香氣更濃重，
蜻蜓的嗡嗡更響亮了……

聽！在白色的雲霧後
一串悶雷隆隆地滾動；
飛馳的電閃到處
穿繞著陰沉的天空……

好像這炎熱的大氣
飽和著過多的生命，
好像有神仙的飲料
在血裡燃燒，麻木了神經！

少女啊，是什麼激動著
你年輕的胸脯的雲霧？
你眼裡的濕潤的閃光
為什麼悲傷，為什麼痛苦？

為什麼你鮮豔的面頰
變白了，再也不見一片火？
為什麼你的心胸窒壓著，
你的嘴唇這麼赤熱？……

穿過絲絨般的睫毛
噗地落下來兩滴⋯⋯
或許就這樣開始了
一直醞釀著的雷雨？⋯⋯

一八三六年

楊柳啊，為什麼你如此痴心

楊柳啊，為什麼你如此痴心，
對急流的溪水頻頻垂下頭？
你的葉子好似乾渴的嘴唇
微顫著，只想獲取一口清流……

儘管你的枝葉痛苦得顫慄，
那溪水只是嘩嘩地奔跑，
它在陽光的撫愛下，舒適地
閃著明亮的眼睛對你嘲笑……

一八三六年

是幽深的夜

是幽深的夜，淒雨飄零……
聽，是不是雲雀在唱歌？……
啊，你美麗的黎明的客人，
怎麼在這死沉沉的一刻，
發出輕柔而活潑的聲音？
清晰，響亮，打破夜的寂寥，
它震撼了我整個的心，
好像瘋人的可怕的笑！……

一八三六年

灰藍色的影子溶和了

灰藍色的影子溶和了，
聲音或沉寂，或變得暗啞，
色彩、生命、運動都已化做
模糊的暗影，遙遠的喧嘩……
蛾子的飛翔已經看不見，
只能聽到夜空中的振動……
無法傾訴的沉鬱的時刻啊！……
一切充塞於我，我在一切中……

恬靜的幽暗，沉睡的幽暗，
請流進我靈魂的深處；
悄悄地，悒鬱地，芬芳地，
淹沒一切，使一切靜穆。
來吧，把自我遺忘的境界
盡量給我的感情充溢……
讓我嘗到湮滅的存在，
和安睡的世界合而為一！

一八三六年

啊，多麼荒涼的山林峭壁

啊，多麼荒涼的山林峭壁！
一路上，溪水朝我流得歡騰——
它忙於到谷中去另覓新居……
而我則往山上緩緩地攀登。

我坐在山頂，伴著一株白松，
這兒一片靜，令人感到欣慰……
溪水啊，你朝著山谷和人群
奔流吧：嘗嘗那是什麼滋味！

一八三六年

從林中草地

從林中草地，白鳶一躍
而飛起，朝天空，朝雲端
盤旋上升，越飛越小，
終於沒入高空而不見。

啊，造物主給了它一雙
有力的靈活的翅翼，
而我，自命為萬物之王，
卻黏固在地面和泥裡！……

一八三六年

紫色的葡萄垂滿山坡

紫色的葡萄垂滿山坡，
山上飄過金色的雲彩，
河水奔流在山腳下，
暗綠的波浪在澎湃。
目光從山谷逐漸上移，
直望到高山的頂巔，
就在那兒，你會看到
圓形的、燦爛的金殿。

高山上不凡的居處啊，
那兒不見世俗的生存，
在那兒，回旋的氣流
更輕快、空廓而清新。
聲音飄到那兒就沉寂，
只能聽到自然的生命；
一種歡樂在空中浮蕩，
有如復活節日的恬靜。

一八三六年

河流迂緩了

河流迂緩了，水面不再晶瑩，
一層灰暗的冰把它蓋住；
色彩消失了，潺潺的清音
也被堅固的冰層所凝固，——
然而，河水的不死的生命
這凜冽的嚴寒卻無法禁閉，
水仍舊在流：那喑啞的水聲
時時驚擾著死寂的空氣。

悲哀的胸懷也正是這樣
被生活的寒冷扼殺和壓縮，
歡笑的青春已不再激蕩，
歲月之流也不再跳躍，閃爍；——
然而，在冰冷的表層下面，
生命還在喃喃，並沒有止息，
有時候，還能清楚地聽見
它那秘密的泉流的低語。

一八三六年

午夜的大風啊

午夜的大風啊，你在哀號什麼？
為什麼怨怒得這樣的瘋狂？
你的淒厲的聲音意味著什麼？
忽而幽怨低訴，忽而大吼大嚷？
你以這心靈所熟悉的語言
在傾訴一種不可解的苦痛，
你朝它深深挖掘，從那裡面
有時竟發出多狂亂的呼聲！……

哦，是的，你的歌在對人暗示
他可怕的故鄉，那原始的混沌！
夜靈的世界聽到你的故事
正感到多麼親切，聽得多凝神！
別再唱吧！不然，它就要從胸中
掙出來，與無極的宇宙合一！……
哦，別把這沉睡的風暴喚醒——
那下面正蠕動著怎樣的地獄！……

一八三六年

我的心願意做一顆星

我的心願意做一顆星，
但不要在午夜的天際
閃爍著，像睜著的眼睛，
郁郁望著沉睡的大地，──

而要在白天，儘管被
太陽的光焰逼得朦朧，
實則它更飽含著光輝，
像神仙一樣，隱在碧霄中。

一八三六年

我的心是一群幽靈的樂土

我的心是一群幽靈的樂土——
這些無言的幽靈，明朗，美麗，
既不受熱狂的年代的擺布，
也無感於憂傷或歡喜。

我的心是一群幽靈的樂土，
心啊，你和生活是多麼不同！
誰想到這群幽靈如此麻木
把逝去的好時光納為幻影！……

一八三六年

我獨自默坐

我獨自默坐，
以淚眼望著
　燃盡的壁爐……
往事的回憶
令我沉思鬱鬱，
　語言怎能表述？

往事如煙雲，
今朝也只一瞬
　就永遠逝去──
像過去那一切；
無盡的歲月
　已被幽暗吞去。

一年年，一代代……
人何必憤慨？
　這大地的穀禾！……
很快就凋謝，
新的花和葉
　又隨夏日而復活。

於是一切如前，
玫瑰重又鮮豔，
　荊棘也再滋長……
但你啊，我的花朵，

你卻不再復活，
　從此不再開放！

唉，是我的手
把你摘下枝頭，
　帶著多少歡喜！……
貼在我胸前吧，
趁它還能迸發
　愛情臨終的嘆息。

　　　　　　　　　　　一八三六年

冬天這房客已經到期

冬天這房客已經到期，
卻死賴著不肯遷出，
她白白發了一陣脾氣，
春天卻來敲打窗戶。

這驚動了自然的一切，
大家都紛紛起來攆她；
聽，天空中幾隻雲雀
已把讚歌灑上一片雲霞。

冬天還是對春天咆哮，
並作出凌人的姿態，
但春天只是對她大笑，
並且比她嚷得更厲害⋯⋯

那老巫婆被逼得跑開；
但是為了發洩怒氣，
最後還抓起一把雪來
向那美麗的孩子擲去⋯⋯

春天一點也沒有受害，
索性在雪裡洗個澡；
真出乎對手的意外，
她的面頰倒更紅潤了。

一八三六年

噴　泉

看啊，這明亮的噴泉，
像團團雲霧，不斷飛騰，
你看它燃燒在陽光中，
如何化為一片火煙！
它的光線向天空飛奔，
一旦觸到莊嚴的高度，
就注定向地面散布，
好似點點燦爛的火塵。

哦，人類的思想的噴泉！
你無窮無盡，從不止息；
不知是本著什麼規律
你永遠噴射和飛旋？
你多麼想要凌雲上溯！……
但無形的命運巨掌
卻打斷你倔強的飛翔，
於是你變為水星灑落。

一八三六年

山谷裡的雪燦爛耀目

山谷裡的雪燦爛耀目，
但積雪會融化而不見，
春天的禾苗布滿山谷，
但它閃耀不久，也就凋殘。
然而，是什麼在那雪山頂峰
永遠光燦而不衰萎？
啊，那是由朝霞所播的種，
至今還鮮豔的玫瑰！⋯⋯

一八三六年

大地還是滿目淒涼

大地還是滿目淒涼，
空中已浮現春的氣息；
田野裡的枯樹在搖晃，
白松的高枝微微顫慄。
大自然還沒有醒來，
然而她的睡意淡了，
在夢中聽到春的聲息，
也不禁漾出一絲微笑……

心啊，心啊，你也還沒有醒……
但突然，是什麼使你不寧？
是什麼撫慰著你的夢，
並且把冥想鍍上了金？
一堆堆雪在閃爍，在消融，
風光變得明媚，血在躍動……
你是感到了春天的柔媚？……
還是有了女人的愛情？……

一八三六年

我的朋友，我愛看你的眼睛

我的朋友，我愛看你的眼睛
閃著奇異的靈光，當你突然
抬起它們來，把在座的一圈人
匆匆一瞥，好似天空的電閃……

然而比這更迷人的，是目睹
在熱情的一吻時，你把兩眼
低低垂下，從睫毛間卻透出
沉鬱而幽暗的慾望的火焰。

一八三六年

昨夜，在醉人的夢幻裡

昨夜，在醉人的夢幻裡，
你的眼瞼被月光的殘輝
照耀著，倦慵而無力，
你遲遲墜入夢中而安睡。

在你周圍，一切突然沉寂，
暗影的眉頭皺得更暗，
你胸中的平勻的呼吸
更清晰地流動在空間。

然而，透過輕盈的窗紗
夜的幽暗只流進一瞬息，
你的飄揚如夢的鬈髮
又已和無形的幻想嬉戲。

輕輕地流著，徐徐地飄著，
彷彿隨一陣細風流入，
煙一般輕，幽潔如百合，
有什麼突然撲進窗戶。

看，有什麼無形地流過
那在幽暗中灼爍的地毯，
啊，它已經悄悄地攀著
被子的一角，順著它的邊──

像一條蛇蜿蜒地爬行，
終於來到了臥榻上，
看啊，它已窺進帳幃中
好似一條絲帶在飄蕩……

突然，它以顫動的光線
觸著了少女的前胸，
又以洪亮的、緋紅的叫喊
張開了你睫毛的絲絨。

一八三六年

一八三七年一月二十九日①

是誰的手射出致命的一彈
把詩人的高貴的心擊中？
是誰把這天庭的金觥
摧毀了，好似易碎的杯盤？
讓世俗的法理去判斷吧，
不管說他是有罪，是無辜，
那天庭的手將永遠把他
烙為「刺殺王者」的凶徒。

詩人啊，過早落下的夜幕
將你在塵世的生命奪去，
然而，你的靈魂得享安息，
在一個光明的國度！……
不管世人怎樣流言誹謗，
你的一生偉大而神聖！……
你是眾神的風琴，卻不乏
熱熾的血在血管裡……沸騰。

你就以這高貴的血漿
解除了榮譽的飢渴——
你靜靜地安息了，蓋著
民眾悲痛的大旗在身上。
讓至高者評判你的憎恨吧，

---

① 這一天是普希金決鬥被殺的日子。

你流的血會在他耳邊激蕩；
但俄羅斯的心將把你
當作她的初戀，永難相忘！……

一八三七年

一八三七年十二月一日①

好吧，就是注定在這個地方，
我們要最後道一聲珍重……
別了！我們將告別那一切
曾使心靈久久沉迷的情景，
那一切把你的生命燒完了，
只有灰燼還留在痛苦的胸中！

別了……多年，多年以後，你將會
戰慄地想起這一隅地方，
想到這燦爛的南方的海岸，
它不謝的花朵，永恆的陽光，
還有遲暮的、蒼白的玫瑰
如何把臘月的空氣燒得芬芳。

一八三七年

---

① 本詩寫於意大利的熱那亞，這一天是詩人和他的情人德恩伯格夫人訣別的日子。

曾幾何時，啊，幸福的南方①

曾幾何時，啊，幸福的南方，
曾幾何時，我當面看到了你，——
而你，好似金身顯聖的神，
讓我，一個遊子，一覽無遺……
啊，曾幾何時，儘管我沒有
如醉如痴，卻充滿新鮮的感情，
當我面對著偉大的地中海，
並且聽到它波濤的聲音！

我想到當年，這洶湧的波浪
曾揚起多麼和諧的歌唱！
它看過燦爛的維納斯女神
從她深淵的故鄉躍出海上②……
這浪花的跳躍猶似當年，
一樣的轟響，一樣的閃爍，
而在它天藍色的平原上
仿佛還有神的幻影掠過。

而我，我卻和你告別了——
我又被命運牽引到北方……
那沉鬱的鉛灰色的天空
又重重地壓在我的頭上……

---

① 本詩所記，是詩人離開熱那亞、回到意大利北部都靈後的心情。
② 據神話，維納斯女神是從賽普拉斯島附近的海上誕生的。

這兒的空氣割人皮膚，
山和谷都鋪滿了冰雪，
而寒冷，那威嚴的巫婆，
只有她統治這兒的一切。

然而，在這冰雪王國的南方，
那兒，那兒，在陸地的邊緣，
我彷彿還遠遠地望得見
你，那金色的、明媚的地方！
在朦朧中你顯得更美麗，
你的天空更蔚藍、更清新，
你的低語聽來也更悅耳，
它深深打動了我的靈魂！

一八三七年

春

不管命運的手如何沉重，
不管人如何執迷於虛妄，
不管皺紋怎樣犁著前額，
不管心裡充滿幾多創傷；
殘酷的憂患，但只要你
碰到了初春的和煦的風，
這一切豈不都隨風飄去？

美好的春天……她不知有你，
也不知有痛苦和邪惡；
她的眼睛閃著永恆之光，
從沒有皺紋堆上她前額。
她只遵從自己的規律，
到時候就飛臨到人間，
她歡樂無憂，無所掛礙，
像神明一樣對一切冷淡。

她把花朵紛紛灑給大地，
她鮮豔得像初次蒞臨；
是否以前有別的春天，
這一切她都不聞不問。
天空遊蕩著片片白雲，
在她也只是浮雲而已，
她從不想向哪兒去訪尋
已飄逝的春天的蹤跡。

玫瑰從來不悲嘆既往，
夜鶯到晚上就作歌；
還有晨曦，她清芬的淚
從不為過去的事而灑落；
樹木的葉子沒有因為
害怕不可免的死而飛落，
啊，這一切生命，像大海，
整個注滿了眼前的一刻。

個體生活的犧牲者啊！
來吧，擯棄情感的捉弄，
堅強起來，果決地投入
這生氣洋溢的大海中！
來，以它蓬勃的純淨之流
洗滌你的痛苦的心胸——
哪怕一瞬也好，讓你自己
契合於這普在的生命！

　　　　　　　　　　　　　一八三八年

日　與　夜

為這神秘的精靈的世界，
這無可名狀的無底深淵，
由神的至高旨意蓋上了
一層金色的帷幕——白天。
白天啊，這幅璀璨的畫帷，
白天啊，你醫治病痛的心魂，
你給世間萬物充滿生氣，
人和神都把你當作友人！

但白天消逝了——黑夜降臨；
夜來了，就把恩賜的彩幕
一下子拉開，使無底的深淵——
使那致命的世界赫然暴露
在我們眼前，於是我們看見
它那幽暗的、可怕的一切，
而我們面對它，又沒有遮攔——
這就是何以我們害怕黑夜！

一八三九年

少女啊，別相信

少女啊，別相信，別相信詩人，
別把他喚作你的意中人——
要知道，詩人的綿綿情意呀，
比一切怒火還容易焚身！

別以少女的純潔的靈魂
來接受詩人的心！要知道，
你那一層輕盈的面紗
掩蓋不了他熱情的燃燒。

詩人像自然力一樣磅礴，
他主宰一切，只除開自己；
很可能他的桂冠燒上了
你年輕的鬢髮，全出於無意。

輕率的世人總是任意地
或者頌揚，或者咒罵詩人，
他並不是毒蛇噬咬人心，
他呀，只像是蜜蜂把它吸吮。

詩人的純潔的手不會
把你視為神聖的東西破壞，
但無意間，他會把生命窒息，
或者把它送往九霄雲外。

一八三九年

我站在涅瓦河上

我站在涅瓦河上，遙望著
巨人一般的以撒大教堂；
在寒霧的薄薄的幽暗中，
它高聳的圓頂閃著金光。

白雲緩緩地升上夜空，
好像對冬寒也有些畏縮；
夜是淒清的，死一般靜，
凍結的河面泛著白色。

我默默地、沉鬱地想到
在遠方，在熱那亞的海灣，
這時太陽該是怎樣燃燒，
那景色是多麼迷人、絢爛……

哦，北方！魔法師的北方！
是不是我中了你的符咒？
或是我真的被鎖在你的
花崗石地帶，不能自由？

啊，但願有飄忽的精靈，
在幽暗的夜裡輕輕翱翔，
那就把我快快地載去吧，
去到那兒，那溫暖的南方！

一八四四年

我還被思念的痛苦所折磨①

我還被思念的痛苦所折磨，
這顆心啊，依舊充滿著舊情；
在「回憶」的暗霧中，熱望的火
驅使我去追索著你的形影……
啊，無論何時何地，在我眼前
總浮現你難忘的、可愛的面容，
無法抓得住，但也永遠不變，
好似夜晚天空中的一顆星……

一八四八年

---

① 這首詩是詩人追念第一個妻子愛琳娜而作。

給一個俄羅斯女人

遠遠離開陽光和大自然，
接觸不到社會和藝術，
沒有愛情，和生活也疏遠，
你青春的歲月如此荒蕪。
你活躍的感情暗淡了，
你的幻想也不再繚繞……

你的一生悄悄地過去，
在荒涼而無名的地方，
沒有人知道你，看見你，
好像在陰暗、低沉的天上，
一縷煙雲消逝得無蹤
在秋日的無邊的幽暗中……

一八四八或一八四九年

莊嚴的夜從地平線上升起

莊嚴的夜從地平線上升起，
可愛的白日啊，我們的慰安，
立刻像一幅金色的畫帷
被它捲起，露出無底的深淵。
外在的世界夢幻似地消失……
而人，突然像孤兒，無家可歸，
只有站在幽暗的懸崖之前
軟弱無力，赤裸裸地顫巍。

智力已無用，思想失去了依據，
他只有靠自己了，因為外間
再也沒有任何支持或藩籬，
惟有心靈，像深淵，任由他沉澱……
現在，一切明亮、活躍的感印
對他都好似久逝去的夢……
而那不可思議，幽暗和陌生的，
他看到：原來是久遠的繼承。

一八四八或一八四九年

太陽怯懦地望了一望

太陽怯懦地望了一望，
立刻收回了它的光彩；
聽，烏雲後面一片轟響，
大地皺著眉，滿面陰霾。

熱灼的旋風忽起忽歇，
遠方響著雷，也有陣雨……
碧綠的無際的田野
在雷雨下更顯得碧綠。

看，烏雲時時被劃破，
馳過了藍色的電閃──
那彷彿是一條流火
給烏雲邊鑲著銀線。

時時落下一陣急雨，
田野的塵土跟著飛旋，
這時雷聲響得更急，
更憤怒地震搖著天。

太陽又一次皺著眉
從雲端露出了眼睛，
並且以明亮的光輝
把驚惶的大地浸潤。

一八四九年

靜靜的夜晚

靜靜的夜晚，已不是盛夏，
天空的星斗火一般紅，
田野在幽幽的星光下，
一面安睡，一面在成熟中……
啊，它的金色的麥浪
在寂靜的夜裡一片沉默，
只有銀白的月光
在那如夢的波上閃爍……

一八四九年

在戍人的憂思中

在戍人的憂思中，一切令人生厭，
生活像一堆石塊壓著我們，
突然間，天知道從什麼地方，
有一絲歡欣飄到我們的胸間
在那兒迴蕩、愛撫：這剎那的幸福
暫時給心靈解除了可怕的重負。

正是這樣，在秋天，當田野枯索，
一片淒涼，樹林的枝子都赤裸，
天空變得蒼白，山谷更暗淡了，
突然會有一陣風，濕潤而暖和，
把枯黃的落葉追得飛舞，飄旋，
好像給我們的心帶來了春天……

一八四九年

在深藍的海水的平原上

在深藍的海水的平原上
我們踏出一條狹窄的路，
一條噴火的、暴怒的海蛇
把我們帶上茫茫的旅途。

天上的星星照耀著我們，
在腳下，波浪迸濺著火花，
它以陣陣水塵的旋風
朝我們身上不斷撲打。

我們坐在海船的甲板上，
很多人已經沉入夢鄉……
划水的輪子更清晰地
划著轟響的波浪而歌唱……

我們快樂的一群安靜了，
女人們不再談話和喧騰，
她們以雪白的肘支起了
多少親切的、美好的幻夢。

在神秘而醉人的月光下，
美夢歡舞在無際的空間，
大海正以輕柔的海波
撫慰著它們靜靜安眠。

一八四九年

我又看到了你的眼睛

我又看到了你的眼睛，
啊，只是你南國的一瞥，
就逐開了我寒冷的夢
和這幽黑的、沉鬱的夜……
它又重現在我的眼前，
那一個國度——我的故鄉——
好似亞當失去的樂園
又對他的子孫閃著光……

我看到了搖擺的月桂
蕩漾著藍色的空氣，
從海上飄來陣陣輕風
把夏日的炎熱揚起；
一整天，金色的葡萄
在陽光下長得更熟了，
而在大理石的迴廊間，
神話般的歷史在繚繞……

致命的北方消失了，
好像遺忘的一場噩夢，
在我的頭上閃耀著
那輕淡而明媚的天空。
我的眼睛又在饑渴地
啜飲著你活躍的光輝，
在它的純淨的光波裡，

我認出了那奇幻之地。

一八四九年

世人的眼淚

世人的眼淚，世人的眼淚！
你不論早晚，總在不斷地流……
你流得沒人注意，沒人理會，
你流個不盡，數也數不到頭——
你啊，流灑得像秋雨的淅瀝，
在幽深的夜裡，一滴又一滴。

一八四九年

詩

當我們陷在雷與火之中，
當天然的、激烈的鬥爭
使熱情沸騰得難以忍耐，
她就從天庭朝我們飛來，──
對著塵世之子，她的眼睛
閃著一種天藍的明淨，
就好像對暴亂的海洋
灑下香膏，使它安詳。

一八五〇年

羅　馬　夜　色

在天藍色的夜裡，羅馬沉睡了，
月亮升上天空，靜靜把它擁抱，
她以自己的默默無言的光榮
灑遍了這安睡的、無人的名城⋯⋯

在她的光輝下，羅馬睡得沉沉，
這不朽的遺跡和月光多麼相襯！
彷彿這安息的城，這清晰的月夜，
就是那魅人的、久已逝去的世界！

一八五〇年

宴　會　終　了

宴會終了，歌聲沉寂，
酒瓮都已傾倒一空；
籃子倒了，杯盤狼藉，
只有殘酒還留在杯中；
頭上的花冠已經揉亂，
留下餘香還繚繞在
明亮而空曠的廳堂間……
宴會終了，我們遲遲走開──
只見滿天的繁星閃耀，
啊，這已經是子夜了……

大街上是車馬和喧聲，
不睡的人們熙熙攘攘，
暗紅的光到處閃動……
就在這城市的動盪
和一片殿宇街屋上空，
當谷中的煙霧繚繞，
在那山上的高空中，
純潔的星星卻在燃燒；
它以明淨無邪的光
回答著世人的瞭望……

一八五〇年

請看那在夏日流火的天空下

請看那在夏日流火的天空下，
風塵僕僕，躑躅在大路上的人，
他從花園旁走過，像一個乞丐，
天哪，請拿一點安慰給他的心。

他朝花園望了望，只見一片
樹木的濃蔭和碧綠的幽谷，
那兒有他享受不到的清涼
在明媚而茂盛的草地上飄忽。

那樹木的蔭影是多麼宜人！
但樹蔭並不是為他而鋪開，
那噴泉的水霧也不是為他
懸在半空，像一片美麗的雲彩。

蔚藍的岩洞好像從濃霧裡
誘惑著他，徒然使他望眼欲穿，
猶如噴泉的水塵不會有一滴
落在他頭上，給他以清新之感。

請看那在夏日流火的天空下，
彳亍在炎熱的生活小徑的人，
他從花園旁走過，像一個乞丐，
天哪，請拿一點安慰給他的心。

一八五〇年

在 涅 瓦 河 上

在涅瓦河的輕波間
夜晚的星又把自己投落，
愛情又把它神秘的小舟
寄託給任性的浪波。

在夜星和波浪之間
它漂流著，像在夢中，
載著兩個影子，朝向
縹緲的遠方開始航程。

這可是兩個安逸之子
在這兒享受夜的悠閒？
還是兩個天國的靈魂
從此要永遠離開人間？

涅瓦河啊，你的波濤
廣闊無垠，柔和而美麗，
請以你的自由的空間
蔭護這小舟的秘密！

一八五〇年

陰霾的天空吹起了風

陰霾的天空吹起了風，
河水變得渾濁而洶湧，
鉛灰的雲籠罩著水波──
就在這陰慘的光照下，
還有一片暗紫的彩霞
使黃昏在水波上閃爍。

金色的火星不斷迸發，
燃燒的玫瑰紛紛落下，
然後就被河水所席捲。
那正是狂暴、火紅的黃昏
向著暗藍的波浪投進
自己片片扯下的花冠……

一八五〇年

凋殘的樹林淒清、悒鬱

凋殘的樹林淒清、悒鬱，
整個縈繞著安息的預感，
夏日的葉子所餘無幾，
被秋陽染得金光閃閃，
還彌留在枝頭上抖顫。

因為從烏雲後，像閃電，
忽然漏下了一線陽光
直射在斑駁的樹木間
和衰枯殘敗的黃葉上，
使我呆呆望著，不禁感傷……

這凋落的生命多麼嫵媚！
又多麼可親！令人想到
她曾經那麼蓬勃，那麼美，
而今竟然萎縮和枯凋，
在臨死以前還帶著微笑！……

一八五〇年

儘管炎熱的正午

儘管炎熱的正午
在敞開的窗口喘氣，
在這平靜的大廈
一切幽暗而靜謐。

這兒有暗香迴蕩，
在芬芳的幽暗裡
你盡可以浸沉在
朦朧的夢幻中憩息。

這兒有不倦的噴泉
在一隅日夜歌唱，
它以無形的水塵
灑在昏迷的暗影上。

熱戀的詩人盡可
在飄忽的光與影中，
讓隱秘的熱情化為
回旋的、輕盈的夢。

一八五〇年

兩 個 聲 音

1

振奮起來，朋友們，不停地戰鬥，
儘管力量懸殊，勝利毫無希望！
在你們頭上，星宿沉默無言，
在你們腳下，墳墓也一聲不響。

讓奧林匹斯的眾神怡然自得，
他們是不朽的，不知勞苦和憂慮；
勞苦和憂慮只為人的心而設……
對人來說，只有終結而沒有勝利。

2

振奮起來，戰鬥吧，勇敢的朋友們，
別管鬥爭多麼持久，多麼殘酷！
在你們頭上，是無言的一群星辰，
在你們腳下：沉默的、荒涼的墳墓。

讓奧林匹斯的眾神以羨慕的眼光
看著驍勇不屈的心不斷奮戰。
那在戰鬥中倒下的，只敗於命運，
卻從神的手裡奪來勝利的花冠。

一八五〇年

看哪，在廣闊的河面上

看哪，在廣闊的河面上，
水流下坡時變為活躍，
朝著那吞沒一切的海洋，
一塊冰跟著一塊冰流瀉。

或者在陽光下五色繽紛，
或者在深夜裡暮氣沉沉，
冰塊總是不可免地融解，
而且都向一個目的航行。

無論大，無論小，一起漂流，
而且喪失了原有的形狀，
彼此沒有區別，好似元素，
匯合了——與那命定的深淵！……

哦，我們的神思所迷戀的
命題啊，這人類的「小我」！
你的意義豈不就是如此？
你的宿命和冰塊也差不多。

一八五一年

新　　綠

新抽的葉子泛著翠綠。
看啊，這一片白樺樹木
披上新綠，多麼蔥蘢可喜！
空氣中彌漫一片澄碧，
半透明的，好似煙霧……

多久了，樹林在沉睡中
夢著春季，和金色的盛夏，
而現在，這些活躍的夢
初次遇上蔚藍的天空，
就突現在光天化日之下……

嫩葉受到陽光的洗濯
又投下了新生的陰影，
它們是多麼美，多麼歡躍！
我們從它們的沙沙響動
可以聽出：在這樹叢中，
你絕不會見到一片枯葉。

一八五一年

你不只一次聽我承認①

你不只一次聽我承認：
「我不配承受你的愛情。」
即使她已變成了我的，
但我比她是多麼貧窮……

面對你的豐富的愛情
我痛楚地想到自己——
我默默地站著，只有
一面崇拜，一面祝福你……

正像有時你如此情深，
充滿著信心和祝願，
不自覺地屈下一膝
對著那珍貴的搖籃；

那兒睡著你親生的
她，你的無名的天使，——
對著你的摯愛的心靈，
請看我也正是如此。

一八五一年

---

① 本詩是寫給杰尼西耶娃的。「無名的天使」指詩人和她所生的第一個女兒。

波 浪 和 思 想

思想追隨著思想，波浪逐著波浪，——
這是同一元素形成的兩種現象：
無論是閉塞在狹小的心胸裡，
或是在無邊的海上自由無羈，
它們都是永恆的水花反覆翻騰，
也總是令人憂慮的空洞的幻影。

一八五一年

七月的夜毫無涼意

七月的夜毫無涼意，
炎熱，窒息，發著電閃……
天空充滿了雷雨，
俯臨著昏暗的大地，
每一閃光都使它抖顫……

好像對著大地，天空中
有誰的濃重的睫毛
不斷張開，又不斷閉攏，
只見那凶惡的瞳孔
迅速閃射，像怒火燃燒……

一八五一年

黃昏冉冉而來

黃昏冉冉而來，夜臨近了，
山峰的投影越來越長，
天空的彩雲已不再燃燒……
日暮了。白天正在漸漸消亡。

我並不痛惜白日的消殞，
也不畏懼黑夜的襲來，
只要你，我迷人的幻影啊，
只要你伴著我，永不離開！

請把你的翅膀給我披上，
使心靈的激動從此平復，
只要這顆心能隨你飛翔，
黑夜對於它就是幸福。

但你是誰？從哪裡來的？
你是地面的，還是在天之靈？
也許，你確是虛無縹緲的——
但卻具有女性的熱情的心。

一八五一年

夏天的風暴是多麼快活

夏天的風暴是多麼快活！
它吼叫著，捲起了飛塵，
而雷雨急急推送著烏雲
把蔚藍的天空密密掩遮，
接著瘋狂地，像瀑布一樣，
整個朝樹林猛力撲來，
被襲擊的林濤開始澎湃，
闊葉的海洋在顫動，喧響！……

樹木的巨人好似突然
被無形的腳踏彎了身軀，
樹梢都在急切地低語，
彷彿正為此計議，商談，——
這時，透過這驟然的繁響，
可以聽到小鳥的呼哨，
而且不知從哪兒，飄下了
第一片黃葉，飄到路上……

一八五一年

我們的愛情是多麼毀人①

我們的愛情是多麼毀人！
憑著盲目的熱情的風暴，
越是被我們真心愛的人，
越是容易被我們毀掉！

才多久啊，你曾驕傲於
自己的勝利說：「她是我的了」……
但不到一年，再請看看吧，
你那勝利的結果怎樣了？

她面頰上的玫瑰哪裡去了？
還有那眼睛的晶瑩的光，
和唇邊的微笑？啊，這一切
已隨火熱的淚燒盡，消亡……

你可記得，在你們初見時，
唉！那初次的致命的會見，──
她的迷人的眼神，她的話語，
和那少女的微笑是多麼甜？

但現在呢？一切哪裡去了？
這好夢究竟有多少時辰？
唉，它竟好像北國的夏季，

---

① 本詩有感於詩人自己和杰尼西耶娃的愛情而作。

只是一個短暫的客人！

你的愛情對於她來說，
成了命運的可怕的判決，
這愛情以無辜的恥辱
玷污了她，一生都難洗雪！

悔恨的生活，痛苦的生活啊！
只有綿綿無盡的回憶
還留在她的深心裡嚙咬，——
但連它也終於把她遺棄。

人世對於她成了一片荒涼，
美好的幻景都已逝去……
匆忙的人流把她心中的
鮮豔的花朵踏成了污泥。

從長期的痛苦中，是什麼
被她珍藏著，好像珠貝？
那是邪惡的、酷虐的苦痛，
既沒有慰安，也沒有眼淚！

我們的愛情是多麼毀人！
憑著盲目的熱情的風暴，
越是被我們真心愛的人，
越是容易被我們毀掉！

一八五一年

命　　數

愛情啊，愛情啊，——據人傳說，
那是心靈和心靈的默契，
它們的融會，它們的結合，
兩顆心注定的雙雙比翼，
就和……致命的決鬥差不多……

在這場不平衡的鬥爭裡
總有一顆心比較更柔情，
於是就不能和對手匹敵，
它愛得越深，越感到苦痛，
終至悲傷，麻木，心懷積鬱……

一八五一年

別再讓我羞愧吧

別再讓我羞愧吧：我承認你的指責！
但請相信，在我們兩人間，你的命運
更令人羨慕：你愛得真摯、熱情，而我——
我望著你，只感到苦惱和妒火如焚。

我像個可憐的魔術師，站在自己
創造的奇異世界之前，卻毫無信仰——
而今，使我臉紅的是，我竟把自己
充作你的心靈所膜拜的死的偶像。

一八五一或一八五二年

你懷著愛情向它祈禱

你懷著愛情向它祈禱，
它在你心中像一件聖物，
然而命運卻把它交給
世人的流言任意凌辱。

沒有人能阻攔那一群人
衝進你的心靈的聖殿，
因此你感到那內心的秘密
和膜拜，都已經無可棧戀。

啊，但願你心靈的翅翼
能超越世人之上翱翔，
從而把它救出這種迫害——
這社會的永恆的誹謗！

一八五一或一八五二年

我見過一雙眼睛

我見過一雙眼睛——啊，那眼睛！
我多麼愛它的幽黑的光波！
它展示一片熱情而迷人的夜，
使被迷的心靈再也無法掙脫。

那神秘的一瞥啊，整個地
呈現了她深邃無底的生命，
那一片柔波向人訴說著
怎樣的悲哀，怎樣的深情！

在那睫毛的濃濃的陰影下，
每一瞥都飽含深深的憂愁，
它溫柔得有如幸福的感覺，
又像命定的痛苦，無盡無休。

啊，每逢我遇到她的目光，
我的心在那奇異的一刻
就無法不深深激動：看著她，
我的眼淚會不自禁地滴落。

一八五二年

孿 生 子

有一對孿生兄妹，——對人來說
就是一對神，——那是死和夢；
他們多麼逼肖！雖然前者
看來比較陰森，而後者溫存……

但另外還有一對雙生兄妹，
世上哪一對比他們更美麗？
也沒有任何魅力更可畏，
使心靈感到如此的戰慄……

他們有著真純的血緣關係，
只在致命的日子，這兄妹
才以他們不可解的秘密
迷住我們，使心靈為之陶醉。

誰能在情緒充沛的一刻，
當血液既冷縮而又沸騰，
不曾感到過你們的誘惑？
雙生兄妹啊，——自殺和愛情！

一八五二年

哦，我的大海的波浪呀

像波浪一樣無常。①

哦，我的大海的波浪呀，
不羈的波浪，你多麼任性！
無論你憩息，或是嬉鬧，
你都充滿多奇異的生命！

或者在陽光下一片笑靨，
你的笑反映著整個天穹；
或者騷亂，激動，你就把
孤寂的深淵都攪得沸騰；──

我愛聽你悄悄的低語，
它那麼甜蜜，充滿了愛情；
但你憤怒的怨聲我也懂，
那是你的預見的呻吟。

儘管在粗獷的大氣中，
你時而明媚，時而沉鬱，
但此刻，在這蔚藍的夜晚，
請珍惜你所拿去的東西。

那並不是定情的指環

---

① 原文為法文。

被我投進了你的波浪，
也不是光燦透明的寶石
要請你深深埋入心臟。

不，在這動人神魂的一刻，
我被你的神秘的美所迷，
唉，是我的心，這顆活的心，
不自覺地落入你的海底。

一八五二年

午 日 當 空

午日當空，河水亮閃閃，
一切在微笑，萬物滋榮，
樹林的枝葉歡樂得輕顫，
好似沐浴在蔚藍的空中。

樹木在歌唱，流水在閃耀，
大氣之中融合著愛情，
這欣欣向榮的自然界
彷彿充滿了過多的生命。

然而，在這過分的歡樂中，
有哪一種歡樂能企及
由你那忍受痛苦的生命①
所發的一絲感傷的笑意？……

一八五二年

---

① 指杰尼西耶娃。

樹林被冬天這女巫

樹林被冬天這女巫
用魔咒迷住，呆呆站定，
只見一片冰雪的流蘇
垂在額際，它既安靜
而又閃著奇異的生命。

啊，它站著，如此固定，
彷彿有美妙的夢繚繞，
既不像死，也不像生，
而是被輕柔、鬆軟的鐐銬
整個捆住，捆得牢牢……

不管冬日太陽的光線
怎樣對它斜送眼波，
林中也不見一絲輕顫；
那時，它像全身燒著火
閃著光燦奪目的美色。

一八五二年

最 後 的 愛 情

啊，在我們遲暮殘年的時候，
我們會愛得多痴迷，多溫柔……
行將告別的光輝，亮吧！亮吧！
你最後的愛情，黃昏的彩霞！

夜影已遮暗了大半個天空，
只有在西方，還有餘暉浮動；
稍待吧，稍待吧，黃昏的時光，
停一下，停一下，迷人的光芒！

儘管血管裡的血快要枯乾，
然而內心的柔情沒有稍減……
哦，最後的愛情啊！你的激盪
竟如此幸福，而又如此絕望！

一八五二～一八五四年

一八五四年的夏天

多麼美麗的夏天，多麼迷人！
簡直像是魔法師使用幻術；
唉！為什麼要如此炫示給我們？
我要問：這究竟是什麼緣故？……

我迷惑不解地望著天空，
這陽光，這景色，太耀人眼睛……
這是不是有意對我們嘲弄？
不然，何必要如此笑盈盈？

唉，當少女的眼睛和嘴唇
對我們微笑時，豈不就是這樣？
這笑意已不能使遲暮的老人
傾心和迷醉，除了使他悵惘！……

一八五四年

這一條電線的鐵絲

這一條電線的鐵絲
從海洋直達到海洋，
它有時對人宣告著
多少光榮，多少悲傷！

旅人一路上不停地
望著它，因為有時候
預卜的鳥兒就坐在
通訊的電線上啁啾。

看，一隻烏鴉從林中
飛出來，落在電線上，
一面聒噪，一面快活地
跳來跳去，搧著翅膀。

它盡在啼叫和歡舞
而不離去：是不是它從
塞瓦斯托波爾①的電訊
嗅到了死人的血腥？

一八五五年

①　在克里米亞戰爭時期，這曾是一座被圍的城。

窮困的鄉村

窮困的鄉村，枯索的自然：
這景色哪有一點點生氣？
你長期來忍受著苦難，
啊，你這俄國人民的土地！

異邦人的驕傲的眼睛
不會看到，更不會猜想
在你卑微的荒原的底層
有一些什麼秘密地發光。

祖國啊，在你遼闊的土地上，
那背負著十字架的天主
正把自己化作奴隸模樣
向你的每一個角落祝福。

一八五五年

在生活中有一些瞬息

在生活中有一些瞬息，
　　我無法用言語表述，
彷彿我把世界都已忘記，
　　暫享一刻天庭的幸福。
在我頭上，喧響著一片
　　高聳雲霄的、碧綠的樹，
只有鳥兒在和我對談，
　　談著那些奇異的事物。
一切虛偽和無聊的言語
　　都已遠遠地離開耳邊，
而一切不可能的、美妙的，
　　都親切地飄到了心間；
一個可愛而甜蜜的世界
　　充塞著、撫慰著我的胸懷，
而我被美夢輕輕地搖曳——
　　時光啊，暫停吧，不要移開！

一八五五年

初秋有一段奇異的時節

初秋有一段奇異的時節，
它雖然短暫，卻非常明麗——
整個白天好似水晶的凝結，
而夜晚的天空是透明的……

在矯健的鐮刀游過的地方，
穀穗落了，現在是空曠無垠——
只有在悠閒的田壟的殘埂上
還有蛛網的游絲耀人眼睛。

空氣沉靜了，不再聽見鳥歌，
但離冬天的風暴還很遙遠——
在休憩的土地上，流動著
一片溫暖而純淨的蔚藍……

一八五七年

炙熱的陽光溢滿樹叢

炙熱的陽光溢滿樹叢，
看，樹葉綠得多麼耀眼！
在樹蔭裡，是怎樣的倦慵
飄下每一片葉，每條枝幹！

讓我們走進林子，在山泉
所灌溉的樹根上憩息，
那兒正有一片暗影飄旋，
而泉水在幽靜中低語。

浸沉在日午的炎熱中，
林頂在我們的頭上夢囈，
只有時候，蒼鷹的叫聲
從高空傳來，打破了靜寂。

一八五七年

她坐在地板上

她坐在地板上，面對著
一大堆舊日的書信，
她每撿一些，就投在
紙筐中，像冷了的灰燼。

她拿起那熟悉的信箋，
望了望，彷彿很詫異，
彷彿是幽靈從天界
望著自己拋下的軀體……

唉，這裡有多少心緒，
多少一去不返的生命！
不知有多少痛苦的時刻，
多少死去的歡樂和愛情！……

我沉默地站在一邊，
很想跪下來向她求情──
彷彿我替那本來是
可愛的幽靈，感到很傷心。

一八五八年

117

皇村花園的暮秋景色

皇村花園的暮秋景色
是可愛的：被靜靜的一片
半透明的霧靄籠罩著，
彷彿它正在睡意綿綿。
在湖水的晦暗的鏡面上
掠過了一群白翅的幻影，
啊，它們多麼恬靜，多麼安祥，
默默飛過那茫茫的霧中！……

女皇的宮室一片沉靜；
在那花崗石的臺階上
十月的黃昏已把暗影
早早地鋪下；和樹林一樣，
花園的幽暗也逐漸加濃；
繁星點綴著夜的幕帷——
這時啊，你能看見一座金頂
在閃耀，彷彿過去的光輝……

一八五八年

歸　　途

一

淒涼的景象，淒涼的時刻，
我們在躓趄著迢遙的路程……
看，在夜空上，蒼白得像幽靈，
升起了月亮；而從霧靄中
閃出了那荒蕪人跡的遠方……
　　不要憂鬱吧，路途還很長……

啊，就在此刻，在我們曾經
留下足跡的遙遠的南國，
同是這個月亮，正映影在
萊芒湖①的碧波上，卻更靈活……
啊，奇異的景色，奇異的地方──
　　不要回憶吧，路途還很長……

二

鄉土的景色啊……那遠方
　　被大塊大塊的雪雲所瀰漫，
泛著藍色；而淒清的樹林
　　籠罩著一片暮秋的幽暗……

────────────

① 萊芒湖，在瑞士的日內瓦，即日內瓦湖。

到處是赤裸的、無邊的荒涼，
　　一樣的單調、死寂、無聲⋯⋯
只有些斑斑點點的閃光，
　　那是死水剛剛結的一層冰。

這兒沒有聲音、色彩、活動，
　　生命消失了⋯⋯一切都聽從
命運的擺布，像已昏迷、無力，
　　而人，只有蜷伏著做夢。
好像日色，他的目光是暗淡的；
　　儘管也看過南方，誰能相信
那兒會有彩虹色的山峰
　　在蔚藍的湖水裡閃著眼睛？

一八五八年

臘月的破曉

中天一輪明月——夜影
還在主宰人間，濃濃密布；
它沒有感到白日已經
在暗暗地準備一躍而出；

儘管懶洋洋的光亮
一線接一線地探出頭來，
但有什麼用？在天空上
依舊是黑夜的勝利的主宰。

然而，不過幾個瞬息，黑夜
就在大地上煙消霧散，
不料白天的燦爛的世界
竟突然在我們周圍呈現⋯⋯

一八五九年

儘管我在山谷中營著巢

儘管我在山谷中營著巢，
但有時，連我也感到
在山頂上飄流的空氣
是多麼爽神，多麼美好！
我們的心胸一直企望
擺脫這混濁的氣層，
在那高山上自如地呼吸，
再也沒有什麼窒息心靈！

對著高不可攀的峻嶺
我呆立著，凝視了幾點鐘，
彷彿高山的寒氣和露水
在朝我們汩汩地奔湧！
突然間，在潔淨的白雪上
有什麼燦爛光輝地一閃，
啊，那豈不是天使的腳
悄悄走過絕壁的頂巔？……

一八六一年

我認識她時

我認識她時，還是當她
正處在神話的年代中，
那時候，在晨光之下，
原始時代的一顆星
剛剛沒入碧藍的天空……

那時她還沒有擺脫
曙光之前的一層幽暗，
而且充滿清新的美色，
正當露水落在花間，
悄悄無聲，也看不見……

那時她的整個生命
是如此純潔，如此完美，
一點也沒有沾上凡塵，
而她的消失，我以為，
也好似星星沒入晨輝。

一八六一年

嬉笑吧，趁這時在你頭上

嬉笑吧，趁這時在你頭上
還是蔚藍無雲的天空；
和人間戲弄，和命運戲弄吧，
你啊──一心渴望暴風
你啊──只要生活在鬥爭中。

我常常懷著沉鬱的思潮
看到你如此充滿朝氣，
淚水不禁蒙住我的眼睛……
為什麼？我們有什麼共同的？
你正迎著生活──而我將離去。

我聽著剛剛甦醒的白日
在講著它清晨的夢幻……
然而，那隨後的活躍的雷雨，
熱情的眼淚，激盪的情感──
不，這一切都將和我無緣！

但也許，在夏日的炎熱中，
你會想起自己的春光……
啊，但願你也想到這一刻，
好像那破曉前模糊的夢象
有時會不意地浮在心上。

一八六一年

好似在夏日①

好似在夏日，有時候小鳥
從窗口突然飛到屋裡來；
隨著它流過了生命和光明，
使一切栩栩生動，煥發色彩；

它從外界——從蓬勃的自然
給我們暗淡的一角帶來了
碧綠的樹林，淙淙的流水，
和那蔚藍的天空的閃耀；

和小鳥一樣，她，我們的客人，
儘管來得短暫，又如此輕靈，
在我們這拘謹的小世界裡，
她的蒞臨卻把一切喚醒。

生命突然被點燃了起來，
變得活潑、熱熾，迸出火花，
連彼得堡的冰冷的夏天
也好似被她的光彩融化。

連老成持重的都年輕了，
連博學的都要重做學童，

---

① 本詩所寫的少女是納杰日達‧謝爾蓋耶夫娜‧阿金菲耶娃，她是外交部長戈爾恰科夫的甥女。第十九和二十行詩句影射戈爾恰科夫對她的迷戀。

我們看到，那外交界的迷陣
都隨著她的意願而轉動。

連我們的房子也像活起來，
高興有了這樣的客人，
吵鬧的電報不再放肆，
我們有了更安靜的氣氛。

可惜這魅力是短暫的，
我們的來客只待了一瞬息
就必須和我們告別了，
但我們很久、很久不能忘記

那不平凡的美麗的印象，
那玫瑰色的面頰的酒窩，
那具有磁石吸力的身材，
那優美的線條，柔和的動作，

還有彩虹的笑，清脆的聲音，
和那眼睛的狡猾的閃耀，
啊，還有那細長的金色髮絲，
連仙女的手指都難以抓到。

一八六三年

北風息了

北風息了……日內瓦湖上的
碧藍的波浪也跳得和緩；
小舟又浮泛在水面上，
天鵝又把水盪出一圈圈。

像夏天一樣，太陽整日燃燒，
斑斕的樹木在陽光下閃耀，
空氣以柔波輕輕撫慰著
它那衰敗的、彩色的枝葉。

在那邊，白峰①從清晨起
就脫下了雲霧的衣裳，
它莊嚴而寧靜、含光灼灼，
好像神的啟示寫在天上。

在這兒，這顆心本可把一切
都忘了，也忘了自己的痛苦，
假如在遠方——在故國——
能夠減少那一座墳墓②。

一八六四年

---

① 瑞士的一座名山，常年積雪，故稱白峰。
② 指杰尼西耶娃的墳墓。

哦，尼 斯

哦，尼斯！①這南國明媚的風光！……
這溫暖的太陽使我多麼不寧！
生命像一隻鳥，想展翅飛翔，
然而它不能；只有望著天空
白白張開它已折斷的翅膀
撲打著，卻無法一躍而起，
終於它還是依附在塵土上，
由於無能和痛楚而輕輕顫慄……

一八六四年

---

① 尼斯，法國的城市。

一整天她昏迷無知地躺著①

一整天她昏迷無知地躺著，
夜的暗影已把她整個隱蔽。
夏日溫暖的雨下個不停，
雨打樹枝的聲音是那麼歡愉。

以後她在床上緩緩地醒來，
開始聽著淅淅瀝瀝的雨聲，
她凝神聽著，聽了很久，
似已沉浸在清醒的思索中⋯⋯

好像她在和自己談話，
不自覺地脫口說了出來：
（我伴著她，雖僵木，但清醒）
「啊，這一切我多麼喜愛！」
⋯⋯⋯⋯⋯

你在愛著，像你這種愛啊，
不，還沒有人能愛得這麼深！
天哪⋯⋯受過這一切，而還活著⋯⋯
這顆心怎麼還沒有碎成粉⋯⋯

一八六四年

---

① 本詩所寫的，是杰尼西耶娃的臨終時刻。

夜晚的海洋啊

夜晚的海洋啊，你是多麼美──
那兒一片暗藍，這兒粼粼閃耀，……
在月光之下，起伏的海水
像充滿生命般呼吸，閃動，奔跑……

在這自由、廣闊的領域中，
只見灼爍和活力，轟鳴和澎湃……
而月輝灑在海上一片朦朧，
在夜晚的荒蕪裡，你多麼自在！

巨大的波浪，海洋的波浪啊，
你為誰的節日這麼歡騰？
滾滾的浪濤奔跑，閃爍，轟響，
伶俐的星星在高空映著眼睛。

我對著這一片動盪和光影
看得出了神，恍如做夢，
啊，我多麼渴望把整個心靈
深深浸入那大海的魅力中……

一八六五年

不管她怎樣愛著

不管她怎樣愛著，怎樣痛苦，
但若是上天不同意，——唉，心靈！
你苦到頭還是得不到幸福，
這愛情徒然把心血耗盡……

心啊，心啊，愛情是你的渴望，
你的苦痛！你把一切情思
都只向神聖的愛情獻上，
但願上帝給你幸福的恩賜。

他是仁慈的，無所不能的，
他溫暖的光輝不僅能照到
地面上盛開的花，也能被及
海洋底層的純潔的貝殼。

一八六五年

在我的痛苦淤積的歲月中①

在我的痛苦淤積的歲月中，
有一些時日比悲傷更可怕……
那沉重的時刻，致命的負擔，
我的詩也無法承受，無法表達。

突然一切靜止。眼淚和悲哀
全閉塞了，只剩下空虛和幽暗；
過去不再像幽靈輕輕地迴翔，
而是埋葬在地下，像死屍一般。

唉，埋葬了！面前是明朗的現實，
然而沒有愛情，沒有一絲陽光：
是這麼一個冷酷無情的世界，
不知有她，把她已經完全遺忘！

而我孤獨的，帶著呆滯的憂鬱，
我想認識自己，但這也困難——
好像一隻殘破的小船被波浪
拋到了荒蕪的、無名的岸沿。

天啊，還給我灼熱的痛苦吧，
驅散我心靈的死沉沉的麻木；
你奪走了她，但請留給我

---

① 本詩為悼念杰尼西耶娃而作。

對她的回憶，那活躍的痛苦，──

讓我想著她，想著她曾怎樣
在無望的奮鬥中自強不懈，
不顧人言，也不顧命運的指令，
她竟愛得這麼火熱，這麼熾烈。

想著她，想著她吧！她雖不曾
戰勝命運，卻也不曾被它驅遣；
想著她，想著她吧！到死為止，
她都會受苦，祈禱，虔信和愛戀。

一八六五年

在海浪的咆哮裡

河邊的蘆葦中有音樂的和聲。①

在海浪的咆哮裡有一種節拍，
在元素的衝擊裡有一種和聲，
當蘆葦在河邊輕輕地搖擺，
簌簌的音樂就在那兒流動。

萬物都有條不紊，合奏而成
一曲豐盛的大自然的交響樂，
只有在我們虛幻的自由中，
我們感到和自然脫了節。

噫，為什麼要有這種不諧和？
為什麼在萬物的大合唱裡，
這顆心不像大海一般高歌？
或像沉思的蘆葦那樣低語？

一八六五年

---

① 原文為拉丁語。

東方在遲疑①

東方在遲疑，沉默，毫無動靜；
到處屏息著，等待它的信號……
怎麼？它是睡了，還是要等等？
曙光是臨近了，還是迢遙？
當群山的頂峰才微微發亮，
樹林和山谷還霧氣瀰漫，
啊，這時候，請舉目望望天……

你會看到：東方的一角天空
好像有秘密的熱情在燃燒，
越來越紅，越鮮明，越生動，
終至蔓延到整個的碧霄——
只不過一分鐘，你就能聽到
從那廣闊無垠的太空中，
太陽的光線對普世敲起了
勝利的、洪亮的鐘聲……

一八六五年

---

① 本詩以象徵的手法，寫出東方斯拉夫民族的政治覺醒。

135

在那潮濕的蔚藍的天穹

在那潮濕的、蔚藍的天穹，
多麼鮮明，多麼出乎意外！
突然有一座拱門橫空，
閃著剎那的勝利的光彩。
它的一端伸到樹林中，
另一端消失在白雲間，
這圓拱擁抱了半個天空，
越高越渺遠，終至看不見。

啊，這一片五色的幻影
對眼睛是怎樣的欣慰！
它只是暫時地給了我們，
抓住它吧，趁它還沒有飛！
看，它已經逐漸暗淡了，
再過一分鐘，兩分鐘——怎麼？
消失了！——就像你賴以生活、
賴以呼吸的東西，整個隱沒。

一八六五年

夜晚的天空是這麼陰沉

夜晚的天空是這麼陰沉，
不像在皺眉，也不像腦中
鬱悶的思緒；那漫天烏雲
倒像凋殘的、悽苦的夢。
只有火焰般閃電的光輝
不斷把陰霾的天點燃，
彷彿那是聾啞的魔鬼
在天邊用暗號彼此商談。

彷彿按照約定的暗示，
天空突然閃出一條光帶，
於是，從遠近一片幽暗裡
樹林和田野呈現了出來。
但只一瞬，一切又沒入
敏銳的陰影中，一片沉靜——
好似有什麼秘密的事務
剛剛在天上獲得協定。

一八六五年

我的心沒有一天不痛苦

我的心沒有一天不痛苦，
往事的回憶盡把它煎熬；
唉，語言又怎能把心事表述！
它只有一天天地萎縮，枯凋。

這好似懷著火熱的渴望，
一個天天想念故鄉的人
忽然聽到了大海的波浪
已使他的鄉里永遠沉淪。

一八六五年

金碧輝煌的樓閣

金碧輝煌的樓閣，靜靜地
倒映在湖水裡，隨波盪漾，
啊，多少逝去的英雄淑女
曾經佇立在湖邊觀望。
太陽在燃燒，生活在變幻，
然而奇異的是，就在這
無常的生活和太陽下面，
逝者常青，不減當年的美色。

金色的太陽照耀著天空，
湖水的漣漪灼灼閃耀……
在這兒，過去的輝煌的夢
彷彿還在波光中明滅；
它正無憂地、甜蜜地睡著。
奇異的夢啊，連那突然間
掠過高空的天鵝的歌
都沒有能驚擾它的安恬……

一八六六年

我又站在涅瓦河上了

我又站在涅瓦河上了，
而且又像多年前那樣，
還像活著似的，凝視著
河水的夢寐般的盪漾。

藍天上沒有一星火花，
城市在朦朧中倍增嫵媚；
一切靜悄悄，只有在水上
才能看到月光的流輝。

我是否在作夢？還是真的
看見了這月下的景色？
啊，在這月下，我們豈不曾
一起活著眺望這水波？①

一八六八年

---

① 這裡寫出對杰尼西耶娃的懷念。

白雲在天際慢慢消融

白雲在天際慢慢消融；
在炎熱的日光下，小河
帶著炯炯的火星流動，
又像一面銅鏡幽幽閃爍……

炎熱一刻比一刻更烈，
陰影都到樹林中躲藏；
偶爾從那白亮的田野
飄來陣陣甜蜜的芬芳。

奇異的日子！多年以後，
這永恆的秩序常青，
河水還是閃爍地流，
田野依舊呼吸在炎熱中。

一八六八年

無論別離怎樣折磨著心

無論別離怎樣折磨著心，
我們從沒有對它屈服──
現在我們才知道，有比別情
更難以忍受、更深的痛苦。

分離的時刻已經過去，
我們的心並沒有變冷，
只是有一塊紗帷被懸起，
使我們看彼此有些朦朧。

我們知道，在這煙幕後面
是那使心靈最嚮往的一切；
彷彿有些什麼隱而不見，
奇異而縹緲──卻沒有宣洩。

這樣的捉弄是為了什麼？
心靈不自覺地感到困窘，
儘管不情願，它還是隨著
懷疑的輪子旋轉個不停。

分離的時刻過去了，然而
我們在這相會的良辰，
卻不敢觸動或稍稍撩開
那紗帷：啊，它是多麼可恨！

一八六九（？）

給 Б.①

我遇見了你，——那逝去的一切
又在我蒼老的心中復燃，
我回憶起那金色的時光，
啊，我的心又變得如此溫暖……

就好像在淒涼的晚秋季節，
常常會有那麼一陣時光
忽然像是飄來了春天，
使我們的心不禁歡欣激盪；——

過去年代的心靈的豐滿
又在我的胸中輕輕浮動，
我懷著久已忘卻的歡樂
望著你的親切的面容……

我看著你，彷彿是經過了
永世的別離，又像是在夢中，
而漸漸——越來越清楚地聽到
我那從未沉寂的心聲……

啊，這不僅僅是回憶而已，
整個生命又燃燒得旺盛；

---

① 本詩是寫給克呂德納男爵夫人的，他們相會於卡爾斯巴德，這時她已再嫁阿德勒柏格伯爵。丘特切夫早年所寫的「啊，我記得那黃金的時刻」就是為她而作。

你的魅力還和以前一樣，
我心中的愛情也沒有變更！……

一八七〇年

我們遵從統帥的旨意

我們遵從統帥的旨意
做著禁閉「思想」的衛兵，
雖然一支槍拿在手裡，
我們對這職務卻不熱心。

我們不情願地握著武器，
很少對「思想」發威，寧願
把她當作上賓，待之以禮，
而不當作階下的囚犯。

一八七〇年

在這兒，生活曾經如何沸騰

在這兒，生活曾經如何沸騰，
人喊馬嘶，血水流成了河！
但那一切哪裡去了？而今
能看到的，只有墳墓兩三座……

是的，還有幾株橡樹在墳邊
生得枝葉茂盛，挺拔動人，
它們喧響著──不管為誰追念，
或是誰的骨灰使它們滋榮。

大自然對於過去毫不知道，
也不理會我們歲月的浮影；
在她面前，我們不安地看到
我們自己不過是──自然底夢。

不管人做了怎樣無益的事業，
大自然對她的孩子一視同仁；
依次地，她以她那吞沒一切
和創造一切的深淵迎接我們。

一八七一年

失 眠 夜

在城市的荒原中，在深夜裡，
有一個時刻令人沉思鬱鬱；
整個城市都鋪著一層夜影，
到處加倍的昏黑，一切肅靜
而沉默；月亮開始在天際呈現，
透過夜霧，灑下灰藍的光線。
只有遠方迷離的幾座教堂
這時露出金頂，閃著憂鬱的光，
啊，好像黑暗張著野獸的嘴
陰森森的，和不眠的眼睛相對；
我們的心會像棄嬰一般，
對生命，對愛情嚎叫和哭喊，
但有什麼用？它白白在祈禱，
周圍一切是荒涼，黑暗和寂寥！
可嘆它的哀呼頂多也只能
延續一兩刻，以後就衰弱，沉靜。

一八七三年

譯後記

　　費奧多爾‧伊萬諾維奇‧丘特切夫（1803-1873）是一個極有才華的俄國詩人，以歌詠自然、抒發性情、闡揚哲理見長，曾一度受到同時代作家的熱烈稱頌。但他生前很少發表作品，讀者面狹窄。上世紀五十年代以後，人們對他相當冷漠。直至九十年代中期，俄國詩壇上出現了象徵派，才把他當作象徵主義詩歌的鼻祖，重新加以肯定。至於他的詩作大量出版並得到認眞的研究，則是十月革命後的事。

　　對於我國讀者來說，這個詩人名字還比較陌生。因此譯者想根據有關的俄文資料作一綜合的介紹，就中有些地方自然也寫到個人的一些見解和體會。

一

　　一八○三年十二月五日，丘特切夫誕生在奧廖爾省奧夫斯圖格村一個貴族家裡。他的童年是在莫斯科度過的。父母把當時的詩人謝‧葉‧拉伊奇（1792-1855）請來做他的家庭教師，因此從幼年起，丘特切夫就熟讀詩歌，喜歡寫詩，十四歲的時候，他在「俄國文學愛好者協會」朗誦了自己的一篇譯詩，被選爲該會的會員。

　　他在家讀完中學課程以後，於一八一九年進入莫斯科大學，一八二一年畢業。次年他被派往駐巴伐利亞的使館工作，從此一連在國外生活了二十二年，並兩次和外國女子結婚。這二十二年當中，他多半住在慕尼黑。

在慕尼黑的社交界，丘特切夫很活躍，不久就展露頭角，一八二六年和一位年輕的貴族寡婦愛琳娜・彼得孫結了婚。通過妻子的關係，丘特切夫和巴伐利亞的貴族過從更密了。當時慕尼黑是歐洲的文化中心之一，雖然丘特切夫在使館中地位低微，甚至在任職十五年之後仍舊是個低級秘書，但他既博學而又善於談吐，他的睿智引起了文人的注意。詩人海涅和他很熟悉，把他稱為「自己在慕尼黑的最好的朋友」。丘特切夫譯了海涅不少篇詩，並受到他的詩歌的相當影響。唯心主義哲學家謝林也是丘特切夫的朋友，儘管丘特切夫曾和他爭論得很激烈，他仍然認為丘特切夫是「一個卓越的、最有教養的人，和他往來永遠給人以欣慰」。這兩位著名的德國友人所以如此重視他，倒不是因為他寫詩：他們多半還不知道他是詩人呢；他們喜歡的是他的智慧和非凡的記憶力，是他對文學、科學、政治和哲學的濃厚興趣。

在慕尼黑期間（1822-1837），丘特切夫寫了幾十首抒情詩，其中有不少篇是他早期的傑作，例如《春雷》、《不眠夜》、《病毒的空氣》、《西塞羅》、《沈默吧！》、《海上的夢》、《好似把一卷稿紙》、《灰藍色的影子溶合了》、《不，大地母親啊》、《啊，我記得那黃金的時刻》和《午夜的大風啊》等。從當時俄國詩歌的全景來看，這些詩無論在形象、構思或語言的情調上，都帶有鮮明的獨創風格。

一八三六年，丘特切夫把自己的一組詩寄到彼得堡，由詩人維亞澤姆斯基和茹科夫斯基轉到普希金手裡。三位詩人都讚賞這些作品，據說普希金閱讀後很興奮，把詩稿帶在身上有一星期之久，以後選出二十四首，分兩批連續發表在他主辦的《現代人》雜誌上。

一八三七年，丘特切夫因家庭糾紛，被調到薩丁王國（今義大利境內）首府都靈的俄國使館任職，都靈既不是文化中心，又遠離他所熟悉

的朋友。據詩人自己說，他在那裡生活的兩年，就和流放差不多。他到任後剛一年，便經歷了喪妻的悲痛，接著又由於工作上的嚴重失誤而被免職。

從一八三九年到一八四四年，他和續弦夫人厄爾瑞斯金娜在慕尼黑賦閒。這期間，他用法文寫了一篇題名《俄國與德國》的文章，認為這兩個國家應通力合作以對付法國。文章於一八四四年以小冊子的形式出版，頗引人注意，據說曾得到沙皇尼古拉一世的讚賞。也許因為這個緣故，丘特切夫又恢復了官職，並於同年秋天調回俄國，仍留外交部。一八四八年，他擔任該部的外國專刊審查官，十年後改任外國專刊審查委員會主席，直到逝世。

丘特切夫終其一生，不過是沙皇政權的一名官吏，事蹟很平凡。然而在創作上，他的經歷卻比較複雜。二十年代時，他有過愛自由的思想，曾寫過響應普希金《自由頌》的詩。但隨著歐洲各種革命事件的發展，他逐漸趨於保守。在四十年代，他作詩甚少，政治觀點帶有泛斯拉夫主義的色彩，主張俄國聯合斯拉夫各民族來對抗西方和革命，以宗法社會的道德和基督教的自我犧牲及忍讓精神來排斥資本主義社會的自私自利的個人主義。他的一些政論文和政治詩就表達了這種見解。但這只是丘特切夫的一個方面。他還有一個方面，那是他的隱藏在生活表層下的深沈的性格。他把這另一個自己展現在他的抒情詩中，在那裡，他彷彿擺脫了一切顧慮、一切束縛，走出狹小的牢籠，和廣大的世界共生活，同呼吸，於是我們才看到了一個真正敏銳的、具有豐富情感的詩人。關於他這種雙重性，屠格涅夫很早就說過：「他是個斯拉夫主義者，但不是在他的詩中，而那些使他表現為斯拉夫主義的詩，也只是一些惡濁的詩。」

　　從四十年代末至五十年代初，是丘特切夫詩歌創作的高潮期。這個期間，評論界開始全面論述他的詩。一八五〇年，涅克拉索夫首先在《現代人》上著文推薦。這篇文章雖然名爲《俄國的第二流詩人》，涅克拉索夫卻認爲丘特切夫「肯定是俄國的第一流詩才」並且說：丘特切夫的「主要優點在於對自然作了生動雅緻和形象逼眞的描繪」。

　　丘特切夫的第一本詩集於一八五四年出版。這是由屠格涅夫編訂的，詩人自己並未參與其事。它輯錄了約一百首詩，先是作爲《現代人》雜誌的增刊，以後才單獨成書。詩集問世後，屠格涅夫寫了一篇書評推崇丘特切夫說：

　　「如果我們沒有弄錯的話，他的每篇詩都發自一個思想，但這個思想好像是一個星火，在深摯的情感或強烈印象的影響下燃燒起來；因此，由於丘特切夫君的作品的這一特點——如果可以這樣說的話，——他的思想對於讀者從來不是赤裸的、抽象的，而總是和來自心靈或自然界的形象相融合，不但深深浸潤著形象，而且也不可分地連續地貫穿在形象之中。丘特切夫君的詩歌的抒情境界是不平常的，幾乎是瞬息即逝的，這些使他必須寫得短小，彷彿他是把自己侷限在覷腉的、精緻的小小範圍內。」

　　同時，車爾尼雪夫斯基、杜勃羅留波夫、托爾斯泰等也從各種不同的角度對丘特切夫下過評語，一致承認他擁有傑出的詩才。

　　五十至六十年代，丘特切夫創作了他最優秀的情詩，即「杰尼西耶娃組詩」。葉連娜‧杰西耶娃是他兩個女兒就學的那所學院院長的姪女，從一八五〇年起，雙方相愛了十四年，直到杰尼西耶娃因肺病去世爲止。這期間，丘特切夫和她組織了另一個家庭，並生了三個子女，這件事招來社會的非議和宮廷的不滿，而輿論的壓力都落在女方的頭上。雖然兩

人都非常痛苦，但愛情並未因此而減弱。一八六四年，杰尼西耶娃的死引起詩人深深地悲傷，這使他繼情詩之後，又寫出一些動人的含蓄的悼亡詩。

一八七三年的一月，丘特切夫患了癱瘓症。在病床上，他對生活的興致不減，仍舊約人來談政治和文學等問題，並寫了不少詩和信。同年七月二十七日在皇村逝世。

二

作為詩人的丘特切夫成長於十九世紀二十年代和三十年代之間。那時的歐洲經歷了法國大革命的風暴，新的、資產階級的社會秩序已逐漸形成。舊的道德觀念和生活方式雖然還保持著殘骸，但是在新生力量的衝擊下，已經搖搖欲墜了。人民革命運動和民族自決運動風起雲湧，席捲著希臘、法國、波蘭、比利時、義大利、德國等地，預示著巨大的變革即將到來。

正是在這種時際，丘特切夫從落後的、封建宗法制的俄國，來到了被新潮流衝擊著的西歐，而且在那兒長期生活著、觀察著、體驗著。他的生活背景以及他所處的特殊地位，使他比別人更敏銳地感到了這個新變化的內容、幅度和必然性。他預料革命也必然會降臨到俄國。詩人的雙重性的根源也就在這裡，他既熱烈地渴求生活的和諧與平靜（這是由於他早年的教育的影響），也對歷史的變革、對社會與生活的風暴有深刻的共感（這是新興時代的精神給他的感染）。請看他在一八三○年所寫的《西塞羅》吧，這首詩是有感於法國的一八三○年七月革命而寫成的。詩人在這裡藉古典而詠今事。他一方面和古羅馬的政治家西塞羅一樣，對羅馬帝國的衰亡難免感傷，但另一方面也感到，衰亡乃是自然的

過程，是不可避免的，羅馬雖然沈沒在黑夜裡，但是仍將有白天和新世界的出現，而詩人讚美著這死亡與新生交替的一刻：

> 幸運的人啊！只要能看到
>
> 世界的翻天覆地的一刻——
>
> 只要是能被眾神邀請
>
> 作為這一場華筵的賓客，
>
> 那他就看到莊嚴的一幕⋯⋯

試問若是反對革命，怎能對革命寫出這樣的詩來？他所憧憬的巨大變化，當然只不過是資產階級革命所造成的幻象，由於在一定歷史時期內，它是朦朧的，未定型的，所以還給人以熱烈的期望。但這兒重要的不是詩人是否看清了這一革命的性質，而是他能和當時要求革命的廣大人民一起，渴望一個新的美好的世界從舊世界的廢墟中誕生出來；他的詩就是通過對朦朧的新世界的讚美而表達了這一渴望。再看他所寫的《阿爾卑斯》，其中也涉及死亡和新生的過程：

> 阿爾卑斯的雪山峻嶺
>
> 刺透了湛藍的夜幕，
>
> 峰巒睜著死白的眼睛
>
> 給人以徹骨的恐怖。
>
> 雖然都在破曉前安睡，
>
> 卻閃著威嚴的容光，
>
> 霧氣繚繞，崢嶸可畏，
>
> 像一群傾覆的帝王！
>
>
> 但只要東方一泛紅，

死亡的瘴氣便消散，

最高的山峰像長兄

首先亮出他的冠冕；

接著，曙光從高峰流下，

把輔峰也一一點燃，

頃刻間，這復活的一家

金冠並呈，多麼燦爛！……

詩人指出：雖說這些雪山已經死了，卻還「像一群傾覆的帝王」，給人以權勢之感。這個比喻，立刻使阿爾卑斯山擴大為整個世界，使讀者想到全體帝王的覆滅，想到他們雖然還有權勢，還「可畏」，卻已是死了，只等待自然的程序來把他們根本消除。接著，詩中就指明：世界雖死亡，但在死亡的基礎上有新生；「只要東方一泛紅」，我們就看到一片重新形成的、燦爛的風景。這篇前後兩節，是一個多麼鮮明的對照啊！詩人把垂死的世界寫得那麼陰森可怕，又把新生的世界寫得那麼歡騰可喜！同是那些峰巒，它們在黑夜，彼此間的關係是相對的，各不相容的，像一個個的帝王；可是在新生的世界裡，它們卻親如手足，如「復活的一家」，個個光輝燦爛。這裡豈不是對新世界的無比的讚美？詩人對新世界的喜悅，固然不總是如此直接陳述出來的；更常見的，是他從自然的描寫中，透出一種極為清新的感覺，好像詩人是從暴虐的環境中剛剛掙脫出來，對著新的天地不自禁地舒了一口氣。（如《夏晚》、《山中的清晨》、《雪山》、《恬靜》。）在《山中的清晨》裡，我們看到：美好的清晨，天空蔚藍的笑，露珠鋪滿的山谷——這一切都是在「一夜雷雨」後誕生的；由於想到它所經歷的狂暴的時刻，這新生的清晨更顯得英挺剛勁了；而在這美好的境界中，詩人還不忘記提醒我們那已被推

翻的舊世界的遺跡：

> **彷彿於高空中傾圮著**
>
> **那由魔法建成的宮殿。**

詩人的心靈不僅僅嚮往一個潔淨的、清新的世界，而且常常和產生新世界的風暴起著共鳴。在《西塞羅》中，他喜愛社會歷史的風暴；在《午夜的大風暴啊》中，他有感於自然間的狂風，對它又害怕，又「感到多麼親切，聽得多凝神！」因為它和他心中的風暴相呼應，對他講著「心靈所熟悉的語言」。

在革命的風暴之前，詩人不能不感到他所熟悉的那個社會秩序的脆弱和不穩定，不能不感到自己在生活中的孤立無援。這種空虛、疲弱、孤獨之感，構成他的詩歌的另一種潛流，恰恰是和風暴、雄壯與飽滿的感覺對立的。一八二九年的《不眠夜》，就是寫出自己的世界將被時代沖毀、被人們遺忘的悲哀。在丘特切夫的詩中，我們時常遇到兩類概念、兩類形象，它們是對立的，例如「海」和「夢」，「山頂」和「山谷」，「日」和「夜」，文明和自然，社會和「混沌」……這些概念構成他的抒情詩的哲學體系，不理解他所賦予它們的涵意，就不易理解他的詩。

丘特切夫在詩裡常常使用「混沌」、「深淵」、「元素」、「夜靈」、「無極」這些名詞，因此，過去唯心主義的批評家和詩人，就給他的詩以神祕主義的解釋，認為其中傳達著超現實的音訊。這種解釋忽視了一個重要的事實，即一個深刻的詩人的詩總是和現實相結合著；他的概念或感覺都必植根於他的社會生活的土壤中。即使他受著某種哲學的影響，那最終原因也必是為他的生活感受所決定著的。

總的說來，丘特切夫由於生活在巨大變革的時代中，由於出身於沒落階級而深感在現存秩序（無論自然或社會）的表面穩定下，存在著暴

亂的力量；在人的明顯的意識下，存在著混亂的根源（或潛意識）。他把這一切隱秘的力量，統稱爲「混沌」或「元素」；他認爲社會、自然和心靈，都出自一個「深淵」──「混沌」；在「混沌」中，由「元素」構成有條理的世界，這就是我們所習見的秩序，所喜愛的光影聲色，所享受的文明。他把這一切和「白日」聯繫起來。但「白日」是不穩定的、表面的，它只是「一層金色的帷幕」（見《日與夜》）。與「白日」對立的，是「夜靈的世界」，是「混沌」，它吞沒一切，誕生一切。只有「混沌」才是眞實的、永恆的，而我們所生活、所意識到的世界，在詩人看來卻如浮光掠影。對於「混沌」所具有的原始力量，詩人又是怕、又是迷戀。這原因，也是不難從他的生活感受來推測的。因爲，雖然革命的風暴與他的心情一致，革命卻終究會摧毀他自己和他所從屬的那一階層。而可貴的是：儘管如此，詩人還是做出了客觀的估計：他重視「混沌」，歌頌它的破壞力和創造力，把它寫得比他所習見的那個畫帷世界更堅實有力。我們從邦奇‧布魯耶維奇的回憶錄中，可以看到列寧對丘特切夫這一特點的論述：

「弗拉基米爾‧伊里奇……所特別重視的一個詩人是丘特切夫。他非常欣賞他的詩。一方面，他很理解他是來自哪一階級的，而且完全精確地估計到了他的斯拉夫主義者的信念、心情和體驗；但另一方面，他談到了這個天才詩人的原始的反抗性，恰恰是預感到當時在西歐業已醞釀成熟的偉大事件的到來。」

三

在十八世紀末和十九世紀初，歐洲的浪漫主義作家和詩人都或多或少帶有泛神論的傾向。在當時，泛神主義打破舊的宗教觀念，把對神的

崇拜引導到物質的自然界和現世上來，是具有一定的進步意義的。不過它在革新人的精神世界的同時，又創造了另一個上帝來束縛它，歸根究底並未脫離唯心主義的範疇。

歌德、拜倫和丘特切夫都寫過一些帶有泛神主義色彩的詩，但是由於他們所處的時代和社會環境不同，個人的感受和動機不同，他們的詩歌的現實內容也就各異其趣。丘特切夫的詩通過泛神主義表現了他的奔放的心靈。他希求生活的美滿和豐富，渴望擴展自己的心靈，享受現世所能給予他的一切。通過泛神主義，他表現了對生活和自然界的熱愛。在他和自然景物的某一瞬息的共感中，他往往刻畫出了人的神的精微而崇高的境界。

在《漂泊者》中，他指出廣大的世界是人的唯一財富，人只有在這一「色彩萬千的奇異世界」中去體驗生活，才能得到「啓示、教益和喜悅」。但是如何可以做到這一步呢？那就是，首先他必須成為「宙斯悅納的貧窮的香客」，──朝拜異教的神宙斯，這意味著擺脫基督教會的信仰；至於要變為「貧窮的」，這裡就可能有許多涵義。在《不，大地的母親啊》裡，有如下幾行是可以作為提示的：

你忠實的兒子並不渴求

那種空靈的、精神的仙境。

比起你，天國算得了什麼？

還有春天和愛情的時刻，

鮮紅的面頰，金色的夢，

和五月的幸福算得了什麼？……

從這裡可以看到，「貧窮的香客」、「無家可歸的流浪者」所要拋棄的是什麼──那是空虛的精神世界，無結果的夢，理智和情感的遊戲，

也就是詩人所熟悉的上層階級的「文明」生活。他看到它的空虛，所以要求拋棄它而去追尋一種更充實的生活：

通過村莊、田野和城市，

它的道路無比光明——

整個大地任隨它步行，

它看見一切並稱頌上帝！

這裡所呈現的，是一顆多麼蓬勃的心靈。它不怕去開闢草莽的道路，而且以此為樂。這顆不斷擴張的心不但能接受風暴、雷雨和海浪，也能和任何自然現象起共鳴。無論詩人看到了什麼——或是白鳶自叢林中草地飛起，或是楊柳對溪水頻頻垂下頭，或山溪向谷中流去，或是秋日凋殘的樹林，或是山上落下的石頭……這一切，由於詩人心靈的博大，似乎都變成了他自己的一部份。彷彿他的生命由於接觸到這一切自然現象，而不斷朝著新的邊界伸展，從而獲取了無限豐富的新的內容。我們讀著他的這些詩，也禁不住和詩人一起感到精神生活的新的情趣，在心靈深處有了更精微的激動，而這是和是否信仰它的泛神主義完全無關的。

丘特切夫從泛神論觀點出發，把人和自然結合為一個整體，這是它的寫景詩的一大特色。屠格涅夫和托爾斯泰在小說中所使用的人景交融的描寫手法，受到了這些詩篇的影響。詩人筆下的大自然有它自己的「心靈」、「自由意志」、「語言」和「愛情」，常常被寫成一個活的性格。例如《春水》一詩把春水寫成到處報信的人，「五月」則像一群孩子似的跳了起環舞；《冬天這房客已經到期》把春天的降臨整個戲劇化了；《楊柳啊，為什麼你如此痴心》指出楊柳對溪水的單戀；《一八五四年的夏天》在詩人看來，竟是一個捉弄人的美麗的少女。此外，請看在《新綠》、《樹林被冬天這女巫》和《凋殘的樹林淒清、抑鬱》這三篇以樹

林爲描寫對象的詩中，這些樹林都各自具有不同的性格、歷史、遭遇和心情。這裡雖然寫的是自然，在我們看來，卻好似寫出了戲劇中的人物。再請看《臘月的破曉》、《東方在遲疑》、《夜晚的天空是這麼陰沈》、《夏天的風暴是多麼快活》等詩，其中是充滿了多麼緊張的戲劇衝突！彷彿詩人在像我們展示著歷史上的重大時刻。這些作品雖然都是寫景詩，然而它們句句飽和著思想，把自然和人類歷史合而爲一，在短短的十幾行詩中，以驚人的豐富內容激盪著人的心靈。

　　丘特切夫生活在矛盾中，它既有積極處事的態度，也有消極的心情。對於泛神主義哲學，他的態度也是複雜的；由於他自己蓬勃的心靈，他接受的是那種哲學的入世的精神；而對那一哲學的終極目的，即離開人世而走向「宇宙精神」，走向那個泛神主義的上帝，他卻有時甘願、有時遲疑，有時甚至反對。

　　他這種複雜心情是可以理解的。在貴族和資產階級社會中，積極處世和面對生活的人，就必然接觸到那個社會的黑暗、虛僞與庸俗，從而感到厭倦。因此，丘特切夫也寫出一些心情消極的詩（如《啊，多麼荒涼的山峭壁》、《儘管我在山谷中營著巢》），渴望走出人世的「山谷」，去到能使他自由自在呼吸的「山頂」去。他嚮往於高山的，是它擺脫了「渾濁的氣層」，「沒有什麼窒息心靈」，高山上的空氣是爽神的。根據這種傾向，在《紫色的葡萄垂滿山坡》一詩裡，詩人企圖把世界組織在泛神主義的理想中。

　　　紫色的葡萄垂滿山坡，

　　　山上飄過金色的雲彩，

　　　河水奔流在山腳下，

　　　暗綠的波浪在澎湃。

目光從山谷逐漸上移，

直望到高山的頂巔，

就在那兒，你會看到

圓形的、燦爛的金殿。

高山上不凡的居處啊，

那兒不見世俗的生存，

在那兒，迴旋的氣流

更輕快，空廓而清新。

聲音飄到那兒就沈寂，

只能聽到自然的生命；

一種歡樂在空中漂蕩，

有如復活節日的恬靜。

　　這篇詩的第一節，首先描寫山谷的斑爛彩色和動盪。以後目光逐漸移上去，我們就從自然，混沌的、無組織的自然，過渡到「文明」，就是那「圓形的、燦爛的金殿」，生活的至高理想。可是在那兒怎樣呢？「那兒不見世俗的生存」、「聲音飄到那兒就沈寂，只能聽到自然的生命」，這種存在雖然被描寫爲一種幸福，一種新生，可是我們不能不感到它過於空虛、沈寂，毫無色彩。詩人寫到這裡彷彿也失去了信心和力量。在另一處，他曾說到「高山的寒氣」，足見他自己對這種理想生活，並不是抱著十分的熱誠。

　　值得注意的是，詩人對於遠離現實的生活理想曾有過激烈的否定。他管那想要到雲端裡去探索眞理的人叫作「瘋狂」。在名爲《瘋狂》的那首詩裡，他指出，對於乾旱渴雨的人（亦即尋求眞理、尋求生活理想

的人），雨水不可能來自雲端，只有在地下才有「沸騰的奔流聲」，只有依賴沸騰的生活，才有可能創造出一個新世界。所以詩人在最後說：

> 啊，流水在唱著搖籃曲，
>
> 並且喧騰地從地下迸湧！……

對於人的生活目的及性格發展，丘特切夫的詩表現著積極的關切，這是他時常涉及的主題之一。這一問題的提出，在當時俄國極端反動的統治下，具有特別的意義。當詩人由國外返回祖國的時候，給他印象最深的，就是祖國的死氣沈沈。在他的詩中，「南方」和「北方」是對立的，「南方」對於詩人來說，不僅意味著某些地區（瑞士、義大利等地），也代表生氣勃勃和光輝燦爛的生活；而「北方」則永遠是和秋、冬，和心靈的沈鬱與壓抑相聯繫的。因為詩人在「北方」（俄國）看到的，不僅是風景死氣沈沈，連人也是這樣，在白日，人「只有蜷伏著做夢」，而這夢是「鐵一般沈重」的。在俄國，即使有生命的浮動，那也只是——

> 好像熱病患者的夢囈
>
> 驚擾這死沈沈的寂靜。

至於西方資產階級革命所提倡的「個人自由」，丘特切夫則稱之為「虛幻的自由」（見《在海浪的咆哮裡》），因為它使「我們感到和自然脫了節」，也就是說，它使人離開了美好的精神世界，並使他豐富的內心生活日漸枯萎。因此詩人感嘆說：「為什麼在萬物的大合唱裡，這顆心不像大海一般高歌？或像沈思的蘆葦那樣低語？」

既否定了俄國的沈重的現實，又否定了西方的「個人自由」以後，丘特切夫給自己留下了一個問題，而提不出合理可行的答案。

四

　　丘特切夫的創作道路，反映了俄國詩歌由浪漫主義過渡到現實主義的道路。他早期的創作活動集中在二三十年代，自一八四○至一八四八年的八年中幾乎沒有寫詩。這期間他結束了長久的國外生活，和俄國的現實有了較多的接觸，從此，他的詩便趨向於現實主義和民主主義。特別是在克里米雅戰爭（1853-1856）以後，他充分看到沙皇統治的腐敗無能，感到了專制政體的必將滅亡，並隨之對泛斯拉夫主義失去了熱情。雖說他的世界觀並未見有顯著的變化，詩的題材和手法仍舊和前期大致相似，但是，即使在舊題材的基礎上，我們也能看到一種新的傾向，即現實主義傾向，在他後期的作品中隱隱呈現著。

　　把詩人的前後期所寫的題材近似的作品拿來對照一下，比較容易看出他的創作的進展情況。一八三○年的《秋天的黃昏》和一八五七年的《初秋有一段奇異的時節》，都是描寫秋景的。前一詩的最後四行是：

> 一切都衰弱，凋零；一切帶著
>
> 一種淒涼的，溫柔的笑容，
>
> 若是在人身上，我們會看作
>
> 神靈的心隱密著的苦痛。

　　這裡說到秋日的景色帶有「淒涼的，溫柔的笑容」，是把自然擬人化了——這種濃厚的泛神主義色彩在第二首詩中已完全不見。此外，前一首詩裡的秋景沒有地域色彩，它帶有普遍性；後一首詩卻是描寫俄國的景色和勞動者的，農民的秋天：

> 初秋有一段奇異的時節，
>
> 它雖然短暫，卻非常明麗……

整個白天好似水晶的凝結，
而夜晚的天空是透明的……

在矯健的鐮刀游過的地方，
穀穗落了，現在是空曠無垠……
只有在悠閒的田壟的殘埂上
還有蛛網的游絲耀人眼睛。

空氣沈靜了，不再聽見鳥歌，
但離冬天的風暴還很遙遠……
在休憩的土地上，流動著
一片溫暖而純淨的蔚藍……

在這一首詩裡，我們看到「矯健的鐮刀」和「悠閒的田壟」，指出這個秋天是農民在辛勤的勞動和收穫以後所取得的休憩的時光，這時光之所以美，其主要精神即在於此，而不是像前首詩那樣，在於「一種淒涼的，溫柔的笑容」。對秋景的美的這一重新評估，只有在詩人和農民有了比較深切的共感之後才能作出。它知道農民將要忍受「冬天的風暴」，因而秋收以後，冬寒以前，「悠閒」的時光很短。這個非常短促的金色時光，它的清冷的愉快感覺，以及俄國田野所特有的風味，都被詩人以如下這兩行名句集中表現了出來：「只有在悠閒的田壟的殘埂上還有蛛網的游絲耀人眼睛。」這是多麼精細的觀察啊！若不是心靈貼近土地，這一細節是來不到詩人筆下的。蘇聯評論家曾指出：詩人用「水晶」來形容秋日，也非常恰當，因為水晶不僅美麗透明，而且予人以「脆弱易碎」和「短暫」的感覺，能把全詩的旨意點明出來。還值得注意的

是，詩中的秋天，不是作爲一個戲劇性的關頭（如臨死前的微笑那樣），而是作爲勞作與風暴之間的體整階段，亦即作爲一段毫不緊張的平凡的日子來寫的。這表示詩人除了注目於自然和生活過程中「致命的」一刻而外，除了尋求戲劇性的場景、衝突的頂點而外，還能著眼於平時毫無浪漫色彩的現實，而且能如實地寫出它的美來，這裡也體現一種現實主義的精神。

　　一八四九年丘特切夫所寫的《太陽怯懦地望了一望》和《靜靜的夜晚》也有同樣的特色。前一首詩以雷雨爲主題，起始，也和其他這類詩一樣，寫著大自然的戲劇──烏雲、雷雨、閃電和田野如何構成緊張的一幕，使太陽怯懦地躲開了。可是，這首詩所不同的，是在寫過雷雨之後，又寫出一切恢復平靜，太陽又從陰雲下出現的情景。這表示詩人意識到，現實不僅有緊張的一刻，還有許多平凡的時刻；這表示他對事物的整個過程發生了興趣，而不是僅僅注意那高潮的一刹那。《靜靜的夜晚》同樣把平凡的景物作爲歌頌的對象：

> 靜靜的夜晚，已不是盛夏，
>
> 天空的星斗火一般紅，
>
> 田野在幽幽的星光下，
>
> 一面安睡，一面在成熟中……
>
> 啊，它的金色的髮浪
>
> 在寂靜的夜裡一片沈默，
>
> 只有銀白的月光
>
> 在那如夢的波上閃耀……

這是詩人的另一篇名作，是許多選集所珍愛的一首小詩。乍看來，彷彿它只是對自然風景作了樸素的描寫，人們不易察覺在這短短八行詩

中，是蘊藏著多麼豐富的思想！確實，這些思想並沒有突現出來，因為被描寫的對象本身在生活中就是不甚惹人注意的，不鮮明的，雖然它含蓄著崇高的意義。那是一片普通的田野，在七月的夜晚靜靜地安睡。這時沒有白日的勞作與匆忙，也沒有陽光賦予它以明媚和熱力，可是就在這時，這片田野（它是人類生命的源泉──食糧的誕生地）並沒有停止它的生命的過程，它一邊安睡，一邊還在繼續「成熟」著，在夢幻中成長著。人們以勞動所播種和灌溉的生命，已經變成了自然的一部份，隨著時序在向前進展。在這裡我們看不到生命的頂點，甚至看不到它的運動，可是自然和歷史卻在表面的隱晦下向前運動著。這篇詩可以說是對人的勞動，對人與自然的平凡而又偉大的日程發出了默默的讚頌。

　　丘特切夫這一時期的現實主義和民主主義精神，還可見於這樣一些詩中，如《給一個俄羅斯女人》、《世人的眼淚》、《窮困的鄉村》。這些詩表明詩人的視野有了擴展，能開始離開自己的感覺，觸及到「我」以外的別人。《給一個俄羅斯女人》並不是一篇贈詩，因此不是專指某個人，而是泛指一般俄國婦女。它寫出了俄國婦女所處的被壓迫地位和不幸的生活。《世人的眼淚》描寫被侮辱和被損害的人的悲哀。雖是短短的幾行詩，它的情感和思想卻遠超出表面字句所傳達的那些。由於字句的對稱，舒緩的節奏，雨和淚的滴落似乎不可分，令人感到悲哀的廣大和沈重。這詩的語言近似民歌，從而又暗示到那哭泣的人是什麼人──農民或近郊的流浪者。《窮困的鄉村》注意到社會的貧困問題，這貧困令詩人感到憂心，雖然最後他又以宗教概念把它的嚴重性沖淡了。

　　自一八五〇年起，詩人由於對杰尼西耶娃的愛情而寫出的一些詩篇，統稱為杰尼西耶娃組詩。這些詩很早以來即被認為是俄國詩歌中的傑作。它們以其心理刻畫面的深度和對社會的控訴，在情詩中獨具特色，和詩

人早期的情詩以及其它寫景抒情作品都有顯著的區別；以內容的性質來說，倒是和屠格涅夫、托爾斯泰及陀斯妥耶夫斯基的社會心理小說更爲接近。詩人在寫作它們的時候，很少想到文學；他所以要寫它們，是爲了給自己的情感作一個嚴格的審判和記錄。他帶著沉重的心情，對於因爲接受他的愛情而遭到不幸的女人，說出自己的罪責，並希望以此抵罪。如果詩人不受到民主主義思想的影響，就不會感到他的愛情關係中的這種悲劇性；也不可能不顧自己的利益而如此大膽、如此精確地寫出其複雜性，無畏地把自己的愛情置於被審判的地位，不斷地質詢它，要從自己的感情中找出眞與僞，或哪些是合理的，哪些是有罪的。在這些詩篇中，當然也不乏單純的喜悅或痛苦；但是就整體來看，它們的基調卻是分析、解剖和推理，其中深摯的感情和清醒的理性分不開的。

杰尼西耶娃組詩以《請看那在夏日流火的天空下》爲開始。這第一首詩就確定了沉思和反省的調子。在這首詩裡，詩人自比爲一個在烈日下躑躅於大路上的乞丐，他渴求花園中的清涼亭蔭——愛情，卻又覺得自己沒有權利得到它。他向所戀的人發出了懇求，這懇求雖然是熱情而大膽的，卻也是遲疑的，因爲它通過了內心的反覆思考。一年以後，他寫了另一首獻給她的詩《你不只一次聽我承認》，又提到「我比他是多麼貧窮」，仍舊充滿自愧的感受，反省的調子。

俄國心理小說基本上是社會問題小說。杰尼西耶娃組詩也有著社會的主題，因爲它所觸及的婦女問題正是當時一個尖銳的社會問題，在涅克拉索夫的詩和托爾斯泰的《安娜・卡列尼娜》中都有所反映。而丘特切夫剛從自己的愛情關係上觸到了這一問題，他深深感到了由於男女社會地位不平等而產生的愛情悲劇。他看到：他和杰尼西耶娃雖然都是自願進入一種「非法的」愛情關係中，並因此而受到社會的譴責，但男女

所承擔的重量不同；男子有可能隨時擺脫這種沉重的命運，女子卻不能不畢生承擔其後果。一般浪漫的愛情詞句在這兒是不適用的，詩人不願意以它來欺人自欺；他要把那美麗的帷幕揭開，指出這愛情的實質。因為使他感到可怕的是，當女子失去名譽和社會地位以後，她就落入所戀的男人的掌握中；男人不僅對她占有優勢，而且在社會生活中，他所忍受的犧牲也比女子少得多。更使詩人困惑的是：雖然兩人都被排斥在社會以外，但由社會規定的那種不平等關係和男子的優越感，卻仍舊不自覺地出現在他們兩人之間；他必須和自己的意識不斷做鬥爭，才能使他們的關係擺脫既定的舊軌道，走上合乎理想的新途徑。

就是這樣，杰尼西耶娃組詩由愛情生活的衝突而透露出社會的內容。另一方面，它細膩地刻畫了日常生活的現實圖畫，這也是和詩人早期詩作有別的一點。在早期詩作中，無論對自然或對生活的描繪，都帶有一般性；從中只能見到感情或色調的渲染，而不見事物的細節。但在這組詩裡，生活的現實感變濃厚了。我們從這裡能看到具體的人和具體的情節，細緻到連日常瑣事都包括在內。《我見過一雙眼睛》給杰尼西耶娃繪出了一幅肖像。《你不只一次聽我承認》使我們看到她生了一個女兒，並如何搖著嬰兒的搖籃；而且我們知道，這嬰兒還沒有命名。《她坐在地板上》寫得更入微，把他們生活中一次極平常的事寫成了詩。詩人告訴我們，她如何坐在地板上整理舊信，把它們看一看就擲在廢紙筐中，而這使他感到悲哀，很想為逝去的生命向她求情。最後，以《一整天她昏迷無知的躺著》一詩中，我們知道了她臨死時的一切細節。總之，這一組詩不僅使我們認識了杰尼西耶娃這個活生生的人，而且從許多瑣事上看到了他們的愛情進程。

《我們的愛情是多麼毀人》、《命數》、《孿生子》這幾首詩著重

寫了他們的愛情的悲劇性：這悲劇既是社會的，也是心理的。它的可悲不僅在於不幸的結果，而且更在於這結果原來是出於善良的願望，這種願望不知如何受到了事態進程的歪曲，使結果適得其反。誰想得到呢？他所愛的人終於被愛情所害，似乎竟是人力所不能扭轉的！因此詩人談到他們的一見鍾情是「致命的會見」，是「命運的可怕的判決」。在《命數》一詩中，他揭示出這種愛情的殘酷的本質，所用的比喻尖刻、冷峭而奇突，以致這比喻成了今日俄文中的成語了：

　　兩顆心注定的雙雙比翼，

　　就和……致命的決鬥差不多……

愛情的結合竟好似「致命的決鬥」，這是多麼驚人啊！在《攣生子》中，詩人還把愛情和自殺同等看待。這裡有力地表示，那是多麼殘酷的力量把愛情歪曲成了這樣，社會的因襲勢力是怎樣破壞著一種美好的關係！這破壞力不僅來自外界，也來自戀人的內心。《別再讓我羞愧吧》所表現的正是這樣一種情況：男主人公從心理上自居優越的地位，以達到「被愛」的自私目的為滿足；等對方予以指出時，他才羞愧地意識到這一點，並從而感到自己的不幸多於對方的不幸，因為相形之下，他未能像對方一樣「愛得真摯、熱情」。這種痛苦，自然已經使主人公超越了那一社會的道德準則，但卻仍舊是那一社會的產物。

　　對於普希金以前的詩人，包括早期的普希金在內，情詩的主題不超出單純感情的範圍：戀人們只知有一種不幸，那就是他或她的愛情得不到響應，或是彼此不能接近。可是在杰尼西耶娃組詩中，戀人們卻是從愛情的快樂中看到不幸，從彼此的接近中看到彼此的敵對。這些詩把愛情關係和社會關係結合起來，使人看到整個邪惡的生活，這就是它們所以深深感人的原因。

五

丘特切夫的詩就其藝術手法來說，有其鮮明的獨創性。蘇聯的研究家曾指出他的繼承傳統的一方面，例如，德國浪漫主義詩人，特別是海涅和歌德，對他有不少的影響；從俄國文學發展的觀點來看，他在有些方面也是既成了茹科夫斯基和杰爾查文的傳統，並加以發展的。但這一切都掩蓋不了一個事實，即丘特切夫有著他自己獨創的、特別為其他作家所喜愛的一種藝術手法——把自然現象和心靈狀態完全對稱或融合的寫法。

在丘特切夫的詩中，令人屢屢突出感到的，是他彷彿把這一事物和那一事物的界限消除了，他的描寫無形中由一個對象過渡到了另一個對象，好像他們之間已經沒有區別。

在普希金的詩歌裡，事物是按照其本質的區分而被描寫的。當普希金寫出「海浪」這個詞時，他的意思就是指自然間的海水；可是在丘特切夫筆下，「大海的波浪」（見《哦，我的大海的波浪呀》）就不只是自然現象，同時又是人的心靈。請看他的《波浪和思想》：

思想追隨著思想，波浪逐著波浪，

這是同一元素形成的兩種現象。

海浪和心靈彷彿都被剖解，被還原，變成彼此互通的物質。《世人的眼淚》也一樣，使雨和淚的描寫不可分。丘特切夫在語言和形象的使用上，由於不承認事物的界限而享有無限的自由；他常常可以在詩的情境上進行無窮的轉化，在同一首詩中，可能上一句由「崇高」轉到「卑微」，由心靈轉到物質，下一句又轉化回來。這樣，一首詩就可能有無窮的情調，和極為變化莫測的境界。

在這方面，「海駒」這首詩是極為特出的。初看時，它的一切語言都是用來描寫一匹真正的馬；可是，等到我們讀到結尾一句話時，才突然扭轉了過去的全部印象，發現它竟是描寫海浪的，原來被看作平凡的寫實的語言，這時就變為非常詩意了，寫實和象徵這兩種境界同時並存，互相轉化。這一切是因為詩人把馬和海浪平行地描寫下來，賦予了它們以一系列相似的特徵。但本詩是否到此為止呢？還沒有！因為我們還看到，它不僅僅是描寫馬和海浪而已，並且還在描寫著更高的境界──人的心靈，人的性格。加入這一個因素以後，再讀一遍，我們就會不僅想到馬和海浪，還想到一個熱烈生活的奮不顧身的人，他朝著自己的理想衝去，直衝到──

就變為水花，飛向半空！……

啊，這時我們的感覺和前一遍讀時又是多麼不同！如果僅僅當作描寫馬或海浪，讀至這一句話，能感到奮力的歡樂和輕快；但若是當作描寫人的心靈來看呢，心靈碰到現實（石岩）而粉碎為水花，那就是悲劇，是只能令人感到沉重的。由此看來，這一首詩寫出了多少情境，多麼繁複的感覺啊！

由於外在世界和內心世界的互相呼應，丘特切夫在使用形容詞和動詞時，可以把各種不同類型的感覺雜揉在一起。在譯文中，譯者也力圖保留原作的這一特點，但由於兩種文字的根本差異，有些在原文中極為新鮮突出的詞，在譯文中卻不易感到。如原文中的ДЫМНО-Легко，譯成中文的「煙一般輕」，並不覺得怎樣新鮮。再如原文中用РОСИСТО（意思是「多露水」）來形容山谷的蜿蜒，中文卻根本直譯不出來。雖說如此，我們還是可以看到詩人在語言使用上的特徵。例如，他說陽光發出了「洪亮的、緋紅的叫喊」，這裡陽光屬於視覺，卻用聽覺「洪亮的……

叫喊」來形容；「叫喊」本身屬於聽覺，卻用視覺「緋紅的」來形容。
又如這樣一句話：「她們以雪白的肘支起了多少親切的、美好的幻夢」，
「支起」本來是對實物使用的動詞，在這兒卻用於空靈的「幻夢」了。
又如詩人對「幽暗」曾使用過各種形容詞，說它「恬靜」、「沉睡」、
「悄悄」、「抑鬱」、「芬芳」，可以看出，這裡是雜揉了許多種感覺
的。

　　這種被稱為「印象主義」的藝術描寫，再加上丘特切夫詩歌中的某
些神秘的唯心哲學，以及某種可以解釋為頹廢的傾向（如《我愛這充沛
一切卻隱而不見的惡》），使十九世紀末的俄國象徵派詩人把他視為象
徵主義詩歌的創始者。可是，丘特切夫的藝術手法，並不是有意地模糊
現實的輪廓，或拒絕描繪現實，像後來象徵派詩歌所做的那樣。他在自
己的許多描寫自然和心靈的作品中，是和當代的現實主義潮流相呼應的。
他的詩歌在一定程度上正面反映了時代的精神，這卻是俄國象徵派詩人
所不曾看到、更沒有繼承到的優良傳統。

　　丘特切夫被稱為「詩人的詩人」或詩藝大師。和他同時代的詩人費
特曾指出，俄國詩歌在丘特切夫的詩中達到了空前的「精緻」和「空靈」
的高度。屠格涅夫在寫給費特的信中說：「關於丘特切夫，毫無疑問：
誰若是欣賞不了他，那就欣賞不了詩。」列夫‧托爾斯泰對詩人更是推
崇，認為他高於普希金，並且說過：「沒有丘特切夫，我是活不下去
的。」陀思妥耶夫斯基認為他是「第一個哲理詩人，除普希金而外，沒
有人能和他並列。」說來奇怪，《丘特切夫全集》是小小的一本書，詩
人在長達五十多年的寫作生活中，只留下了三百多篇短詩，其中除去五
十多篇譯詩和許多較差的政治詩和酬應之作外，有意義的作品不及二百
首（本書譯出一百二十多首），還不論其中有許多篇，在構思和意境上

好像是互相重複似的。以如此少的作品而獲得如此崇高的聲名和如此深遠的影響，這不能不歸功於他的詩所特具的力量。革命民主主義批評家杜勃羅留波夫在對丘特切夫的評論上曾作過精闢的提示，和前面所引證的列寧的評語一起，可以做爲我們研究詩人的指針。在《黑暗的王國》一文中，杜勃羅留波夫說過：

「根據作家洞察現象的本質時有多麼深，和他在自己的描寫中掌握生活的各方面有多麼廣來判斷，人們也就可以決定他的才能有多麼大。若不這麼做，一切都是空談。舉例說吧，費特君有才能，丘特切夫君也有才能：怎樣來決定他們之間相對的意義呢？毫無疑問，沒有其他辦法，只有來考察他們每個人所達到的境界。那麼，我們就能看出，前者的才能只能在面對平靜的自然現象時獲取浮光掠影的感印方面發揮全部力量；而後者呢，除了那以外，卻還有熾熱的激情、嚴峻的力量和深刻的思想，這種思想不僅是由自然現象，並且還是由道德問題，由對社會生活的關心引起的。對這兩位詩人的才能的評價應該就包括這一切的揭示中。那時候，讀者即使沒有任何美學的（通常是極爲含糊的）評論，也會理解到這一詩人或那一詩人在文學中占有怎樣的地位。」

一九六二年三月

穆旦小傳

　　穆旦，本名查良錚，另有筆名梁眞，祖籍浙江省海寧縣袁化鎮，1918年舊曆 2 月 24 日生於天津恒德里三號。祖父雖是淸末官僚，但家庭早已沒落。其父任小職員薪俸很少，生活拮据，不得不經常靠當賣舊物維持生活。穆旦自幼聰慧，小學二年級時，他的習作《不是這樣的講》就被天津《婦女日報》選用，刊登在該報 1924 年 3 月 16 日的《兒童花園》副刊上。1929 年，穆旦考入天津南開中學，隨即開始創作詩歌，校刊《南開高中學生》經常刊登他的詩文，其中 1935 年發表的雜感《夢》，是他以「穆旦」爲筆名發表的第一篇作品。穆旦當時所寫的詩文，多以揭露社會現實和反應大衆疾苦爲主題。1935 年的《南開中學學生畢業錄》特邀他寫文紀念。

　　1935 年，穆旦 17 歲，在大學入學考試中，同時被 3 所大學錄取，他選入淸華大學地質系，半年後改讀外文系。抗日戰爭爆發後，淸華、北大、南開三個大學先後合併爲長沙臨時大學及昆明的西南聯合大學，在那裡，穆旦在詩歌表現方法方面開始受現代派的影響。他寫出了許多具有獨特風格的詩，多數發表在香港《大公報》楊剛主編的《文藝》副刊和昆明的《文聚》雜誌上，成爲當時大後方最受矚目的靑年詩人之一。

　　1940 年 8 月，穆旦在西南聯大外文系畢業後留校任教。那時，日本侵略軍佔領了大半個中國，國難當頭，西南聯大師生抗日救亡運動不斷高漲。在 30 年代末至 40 年代初的幾年中，穆旦寫了《野獸》、《合

唱》、《在寒冷的臘月的夜裡》、《讚美》等有影響的愛國主義詩篇。1942 年 2 月，穆旦胸懷「國家興亡，匹夫有責」的激情，毅然踏上緬甸抗日戰場擔任翻譯工作。1943 年以後的幾年中，為了接濟家中父母姊妹的生活，穆旦多次變動工作，生活極不安定，但他沒有停止寫詩。

1945 年 1 月，昆明文聚出版社出版了他的第一本詩集《探險隊》，收入 1937 年至 1941 年的詩作 25 首；1947 年 5 月，他在瀋陽自印了《穆旦詩集（1939-1945）》，收入這時期的詩作 66 首；1948 年 2 月，上海文化生活出版社出版了他的第三本詩集《旗》。此外，天津《益世報》、北京《文學》雜誌，上海《中國新詩》、《民歌》等報刊也發表了他的作品。聞一多在他選編的《現代詩抄》中，選有穆旦的詩 11 首。

1948 年 8 月，穆旦赴美國深造，在芝加哥大學攻讀英美文學。1951 年獲碩士學位。1949 新中國誕生後，遠在大洋彼岸的穆旦興奮不已，他為中國人民獲得新生而歡欣鼓舞。為了回國後能夠更好地為社會主義建設服務，他在學習英美文學的同時，又苦讀俄語和俄國文學課程。這段時間他雖然很少寫詩，但寫下《美國怎樣教育下一代》和《感恩節——可恥的債》等揭露美國社會制度的詩。1952 年，美國詩人休·克里克莫爾編的《世界詩選（公元前 2600 年－公元 1950 年）》在紐約出版，其中選入穆旦的詩 2 首。

50 年代初，穆旦就打算回國參加建設，但由於當時美國政府的反華政策，對中國留學生回國製造各種障礙，未能如願。直到 1953 年初，穆旦和夫人周與良博士一起，克服重重困難，才終於回到了祖國。同年 5 月起，穆旦在天津南開大學外文系任副教授。在教學工作之餘，他幾乎把每個晚間和節假日都用於翻譯工作。到 1958 年，他共翻譯出版了普希金、雪萊、拜倫、濟慈等人的詩集 10 餘種。

　　1958 年 12 月，他受到不公正的對待，被錯判爲「歷史反革命」，受勞動管制，降職降薪，下放到圖書館工作。直到 1979 年，才宣布複查結果：「根據黨的有關政策規定，查良錚的歷史身分不應以反革命論處。」1981 年 11 月 27 日，南開大學在天津市烈士陵園舉行穆旦骨灰安放儀式，送花圈的有天津市委辦公廳，南開大學黨委和校長等，儀式由一位副校長主持，另一副校長在講話中說：「1958 年對查良錚同志做了錯誤的決定，1980 年經有關部門複查，予以糾正，恢復副教授職稱。」至此，穆旦的錯案終獲徹底平反。

　　從 1958 年起到他逝世的 20 年間，穆旦雖被剝奪了著譯出版的權利，但他對繁榮中國詩歌的責任感，對譯詩終將出版的信念沒有動搖。1961 年，剛剛結束勞動管制，他又拿起筆，開始翻譯拜倫的巨著《唐璜》。1985 年人民文學出版社出版的穆旦所譯的《丘特切夫詩選》，就是他在 1963 年譯出交出版社的。1966 年「文革」開始後，他的部分譯稿受損，身心受到摧殘，無法進行譯詩工作。1972 年，穆旦在困難條件下又開始對《唐璜》譯稿近行修改和補譯工作。1975 年冬，穆旦騎車摔傷了腿。但他在身心俱傷的情況下，卻加快了工作速度，每天譯詩 10 幾個小時。到 1977 年 2 月 26 日突發心臟病逝世，穆旦在短短 1 年多時間裡增譯修訂了《普希金抒情詩選集》上下冊和《拜倫詩選》，修訂了《歐根‧奧涅金》，並且在 2 月 26 日逝世前，將四本詩集的譯文全部抄寫在稿紙上。這期間，他還創作了《冬》等詩歌 20 餘首。

　　1979 年起，香港《大公報》、《新晚報》、北京《詩刊》、天津《新港》、《天津日報》和《美洲華僑日報》等先後發表了穆旦的一些遺作和關於他的評價文章。1981 年，穆旦傾注了最大勞動、歷經幾次修改的譯詩力作、拜倫巨著《唐璜》終於由人民文學出版社出版。此後，江蘇、

四川、上海、湖南的出版社出版或再版了穆旦所譯的詩集 10 餘冊。1986
年 1 月，人民文學出版社出版了《穆旦詩選》。1985 年 5 月 28 日，穆旦
的骨灰安葬在北京香山腳下的萬安公墓，墓碑上寫著：「詩人穆旦之
墓」。

懷念良錚

周與良

　　良錚離開我們整整 10 年了。這 10 年中，我們的四個孩子都從高等院校畢業，大女兒並已獲得博士學位，他們都有了一定的知識。在「四人幫」橫行的年代，良錚最擔心的是孩子們的教育。他總說這些孩子全是些半文盲，將來怎麼辦呢！當時兩個孩子初中畢業後，一個挿隊，一個做徒工。他更擔心的是孩子們也許會成爲流氓阿飛，造成社會的負擔。尤其大男孩英傳在內蒙挿隊的 7 年，他經常去信讓孩子好好幹活，業餘時間一定要抓緊學習高中課程。英傳沒有辜負他父親的夙願，1978 年考取內蒙古大學電子系。可惜這些他最關懷的事情良錚都沒能看到。

　　10 年來一幕幕往事仍然歷歷如在眼前。40 年前，在美國學習時，我們都是芝加哥大學的研究生。良錚是英國文學系的研究生，主修英國文學，但他爲了迎接祖國的解放，爲向中國讀者介紹俄國文學，也選修一些俄國文學方面的課程。前些時一位老同學回國探親時告訴我，當時她和良錚在一個俄語班，良錚是班上最優秀的學生，他的俄語閱讀能力超過美國學生，經常讓他在課堂上做俄語閱讀示範。此外，良錚還背誦過一本俄文詞典。他常說要掌握一種文字，必須要有一定的詞匯量。

　　當時我們的生活十分艱苦，必須半工半讀。每個中國學生都要做臨時工。良錚爲了少費時間多掙錢，不願在大學裡幹活。當時在大學裡做各種雜活，每小時報酬爲 8 角至 1 美元。他選擇了在郵局運送郵包的重體力活，每小時可拿 2 美元多，一般都是夜間工作。他說這樣可節省時

間，不影響白天上課。晚間去幹活，總要到清晨三四點才回家。上下班
都路過黑人區。他常說：黑人住房擠，孩子多，又髒又亂，非常同情黑
人的處境。他常買每個 5 美分的「熱狗」帶回家吃。這是當時最便宜的
食品，黑人推著小車賣，只有在黑人居住區才有這麼便宜的食品。由於
在郵局工作，他有機會接觸美國下層社會的人，許多都是黑人。他和他
們交了朋友，常說別看美國社會表面上那麼繁榮，還有很多人，尤其是
黑人，生活是很艱難的，資本主義制度就是貧富不均。只有在新中國，
工農大眾才能翻身得到平等待遇。當時芝加哥大學是比較開明的大學，
有一些黑人大學生和研究生。他說不能認為黑人和白人都得到均等的教
育，看看美國大學裡到底有多少黑人學生就清楚了。黑人得不到學習機
會，當然也就找不到好工作。

　　我獲得博士學位後，即在芝加哥大學生物物理研究所工作。可是良
錚不肯去找正式工作，只在郵局做臨時工。當時他的詩作在美國已小有
名氣，已發表過數篇，他很可以多寫詩，靠寫作過更好的生活，可是他
總說在異國他鄉，是寫不出好詩，不可能有成就的。後來有朋友邀請我
們去台灣任教；良錚的二哥在印度，歡迎我們去印度工作，印度德里大
學並聘請我們二人去任教，他都回絕了。當時我們這些學生拿的都是國
民黨政府的護照，又正值朝鮮戰爭時期，美國政府根本不批准回中國大
陸。良錚成天各處打聽求人，後來找到一位猶太律師，花了錢代向移民
局疏通，加上我的導師，他是第二次大戰以後移民到美國的德國猶太人，
他很同情我們，為我們向美國移民局寫信介紹了我的情況，最後才獲批
准回香港，國內的親屬又替我們辦了香港入境的手續，實際上我們沒有
進入香港，直接由中國旅行社接回深圳。

　　當我在辦理回祖國的手續時，許多好心的朋友勸說我們：何必如此

匆忙！你們夫妻二人都在美國，最好等一等，看一看，不是更好嗎？當時芝加哥大學研究生院萃集了許多中國優秀的人才，如學物理的李政道、楊振寧等人，學文科的如鄒讜、盧懿莊等，都是我們的好朋友。學理科的同學主要顧慮國內的實驗條件不夠好，怕無法繼續工作；學文科的同學更是顧慮重重。因此許多同學都持觀望態度。當時良錚經常和同學們爭辯，發表一些熱情洋溢的談話，以至有些中國同學悄悄地問我，他是否共產黨員。我說他什麼也不是，只是熱愛祖國，熱愛人民，在抗戰時期他親身經歷過、親眼看到過中國勞苦大眾的艱難生活。

我們 1952 年 12 月離開美國，1953 年 1 月經深圳到廣州，由廣州去上海。在上海，見到了良錚的好友蕭珊同志。她熱情接待了我們，並在國際飯店宴請我們。她見到我們非常高興，她說歡迎我們回到新中國，願良錚爲祖國的文化繁榮做貢獻。當她談到解放後，各方面都在學習蘇聯時，良錚說他準備翻譯俄國文學作品介紹給中國讀者。她很驚奇地說：你不是搞英國文學的嗎，又是詩人，怎麼又想介紹俄國文學了？良錚告訴她，他在美國學習時，也學了俄語和俄國文學的課程，準備回國後，介紹俄國文學作品給中國讀者。我記得當時他們談得很高興，蕭珊同志還鼓勵他盡快地多搞翻譯。我們回到北京後，良錚就日以繼夜地翻譯季摩菲耶夫著的《文學原理》。1953 年 5 月，他被分配在南開大學外文系任教。除了完成教學任務外，業餘時間堅持搞翻譯。1953 年 12 月，上海平明出版社出版了《文學概論》（《文學原理》的第一部），第二部《怎樣分析文學作品》和第三部《文學發展過程》先後由平民出版社在 1953 年 12 月和 1954 年 2 月出版。後又匯總爲《文學原理》出版（平民出版社，1955）。當時的發行量很大，許多大學都以此書爲文學理論課的教材。直到最近，一位多年教文學理論課的老教授還對我說：「查先生譯

的《文學原理》至今仍是我們教文學理論課的主要參考書。這是一本非常好的著作，查先生的文筆又非常流暢優美，讀起來好像查先生自己寫的。」那幾年，一直到 1958 年，又出版了多種普希金的敘事詩集和抒情詩集。那時是良錚譯詩的黃金時代。當時他年富力強，精力過人，早起晚睡，白天上課，參加各種會議，晚上和所有業餘時間都用於埋頭譯詩。爲了詩的注釋，他跑遍各大學圖書館和北京圖書館等處去查閱有關資料。

　　在這幾年內，蕭珊同志和他書信頻繁（可惜這些信在「文化大革命」中全部丟失），討論一些文學問題，並贈送良錚一本英文《拜倫全集》。良錚得到這本書，如獲至寶。他對我說，他本來就打算介紹拜倫的詩給中國讀者，有了這本全集，就可以挑選拜倫最優秀的詩篇來介紹了。1957 年，上海新文藝出版社出版了《拜倫抒情詩選》。在 1958 年前，良錚的翻譯作品能出版得這麼多，是與蕭珊同志給予的極大支持和幫助分不開的。但這也招來了周圍一些小人的誹謗和嫉恨。良錚非常喜愛普希金和拜倫的詩。1977 年 2 月，他在準備去醫院動手術之前，整理了他譯的所有詩稿，並對我說：「我已經譯完了普希金和拜倫的值得介紹給中國讀者的詩篇。」當時我說：「等你手術後，好好休息，咱們出去旅遊。」從 1953 年回國後，他日以繼夜地埋頭苦幹，直到他離世前，得到的只是誣蔑和陷害。直到 1981 年 11 月，他去世後 4 年，才得到完全平反昭雪。

　　1972 年 1 月 16 日蕭珊同志給良錚的信中說：「我們眞是分別太久了。是啊，我的兒子已經有 21 歲了。少壯能幾時！生老病就是自然界的現象，對你我也不會例外，所以你也不必抱怨時間。但是 17 年眞是一個大數字，我拿起筆，不知寫些什麼。還是先談些家務吧。……你說你在學農基地已經一年多了，從你信裡看來，你還是過去的你，知識分子改造是一個艱鉅的歷程，老友新交，我也不知道怎樣認識你了……」1972

年 8 月蕭珊同志去世後，她的兒子李小棠同志信中說「死者在病中還幾次談到您，還想找兩本書寄給您（《李白與杜甫》），後來沒有買到，也就沒有再提了。」蕭珊同志的去世給良錚帶來極大的悲痛，爲了紀念亡友，他埋頭於補譯丟失的《唐璜》章節和注釋，修改了其他章節。他又修訂《拜倫抒情詩選》，並且增譯拜倫的其他長詩。蕭珊同志贈送的《拜倫全集》和《唐璜》的譯稿都是在 1972 年落實政策後從億萬冊書籍和稿件中找回來的。蕭珊同志去世後，巴金先生經常和良錚通信。1976年唐山大地震，巴金先生來信詢問，信中說：「你們一定能順利地度過這一段時期，我等著平安的消息。倘使方便，請寫幾句話來，讓我放心。」良錚腿摔傷後，巴金先生來信說：「你的腿要動大手術，而且手術後還得靜養半年。我仍沒有想到這樣嚴重，希望您安心治病吧！……寫這封信，表示一點慰問之意。您躺在床上，不必寫回信了……」

　　良錚 1958 年被調離南開大學外文系，1959 年被戴上「歷史反革命」的帽子，機關管制 3 年，在南大圖書館監督勞動。1962 年解除了管制，降職降薪，在圖書館留用爲一名小職員，直到 1977 年離世。在管制的 3年內，良錚除了去圖書館勞動外，晚間回家一言不發，只是寫交待材料，看報看書，很少和我和孩子們談話。他變得痛苦的沉默，一句話也不願意說。良錚是非常孝順父母的，回國後，每年春節和暑假都要帶著孩子去北京住些天。這時連去北京看望他母親的權利也被剝奪了。1962 年良錚恢復工作後，又開始譯《唐璜》。1966 年「文化大革命」前他已基本完成《唐璜》的譯稿。「文化大革命」開始後，家被抄，書稿等燒的燒，抄走的抄走，其他自用品也都被搶劫一空。我們全家 6 口人被掃地出門，擠在一間 17 平方米的朝西房間裡。

　　良錚一生樂於助人，自己卻十分儉樸。在美國讀書時，經常穿一條

燈心絨或咔嘰布褲，上身穿一件毛衣或一件舊西服，一直穿到回國。回國後改穿藍色中山服，一直穿到褪了顏色，袖口和底擺都磨破還繼續穿。他從來不肯穿新衣服，自己從來不買。我給他買件新毛衣，他也說不要為他多花錢，有穿的就行了。我說已經破成什麼樣子了，還怎麼穿，他說破點補補還可以穿。他對孩子們總說：你們要艱苦樸素；刻苦學習。他教大女兒讀英語時，第一本書是林肯傳。他還經常把林肯幼年如何在困難的條件下，努力學習的事跡講給孩子們聽。同時他又盡可能幫助生活困難的親戚和朋友。

沉重的打擊和迫害並沒有壓碎一顆熱愛祖國，忠於人民的心。他一直在默默地努力工作。無論在管制的年代裡，還是在「史無前例」的浩劫年代裡，他總是抱著人活著總要為社會做點有益的事的耿直精神，頑強地生活著。「文化大革命」期間，當我也受到衝擊時，他總勸我要相信我們的國家不會永遠這樣下去，以後會好起來的。他常對孩子們說：「你們要多學知識，將來國家的建設需要許多有知識的人，一定會尊重知識的。你們千萬不要把時間浪費了。」

1985 年 5 月 28 日，良錚的骨灰安葬於北京萬安公墓，墓碑上寫著：「詩人穆旦之墓」。

良錚，你的遺詩和譯詩大都已經出版，在廣大讀者中傳頌，你的名字將永垂於中國文學史冊。安息吧，良錚！

1987 年 3 月寫於天津

永恆的思念

周與良

一

　　歲月流逝，往事如煙，良錚已去世二十年。過去廣大讀者只知道他是一位優秀詩歌翻譯家，最近幾年他寫的詩才被承認，並給予很高的評價。作為詩人的親人，我十分欣慰。但是，那段悲痛的記憶一直留在心頭。他去世了兩年多，通過家屬申請平反，才得到天津市中級人民法院刑事判決書（1979 年 8 月 3 日），上面簡單地寫到：「根據黨的有關政策規定，查良錚的歷史身分不應以反革命論處，故撤銷原判，宣告無罪」。又隔一年，1980 年 7 月 16 日中共南開大學委員會複查決定查良錚同志問題已「於 1956 年 10 月根據本人交代按一般政治歷史問題予以結論」、「撤銷由高教六級、副教授降為行政十八級的決定，恢復副教授職稱」、「在降級時期內的工資不再補發」等。1981 年 11 月 27 日南開大學黨委在天津市烈士陵園召開平反大會。1985 年 5 月 28 日，骨灰安葬在北京萬安公墓。墓碑上寫著：「詩人穆旦之墓」。人們會說現已為他平反，他的譯詩都已出版，也出了詩集，並對他的詩歌評價很高，可以無愧地說那已是過去的事。可是，活著的親人想起他一生的經歷，不免永遠悲愴，心靈上的創傷永遠很難很難癒合。

二

　　我和良錚是 1946 年在清華園相識的。當時我二哥玨良是清華大學外

交系講師，每逢周末我經常去二哥家玩，良錚是二哥的同學，他也常去。周末清華園工字廳有舞會，我經常參加，有時良錚也去。1946 年夏，我去參加國民黨政府官費留學考試，考場設在北師大，又遇見良錚。王佐良、周珏良也都參加考試，我們大家在北師大附近小館吃午餐。那時我吃得很少，良錚風趣地說：「你吃得這麼少，這麼瘦，怎麼能考好呢？還是胖了會更好。」他是二哥的同學，我也沒在意。後來，他由瀋陽回北京，常去燕京大學找我，有時我和其他朋友在一起，他很禮貌地離開；有時第二天去了，我又有事，在燕京園姊妹樓會客廳裡談幾句，他就走了，我很抱歉。周末我常去市內叔父家，有時他約我在米市大街女青年會見面。我們經常在女青年會客廳聊聊天，王府井大街逛逛。他愛逛書店，也陪我逛東安市場，有時買幾本書送我，有時也看電影。寒暑假我回天津，他也來天津看我。那時父親經常去唐山，在家裡常開舞會，兄姐們的同學朋友常去，良錚也是其中的一位。我們初相識，他常問我愛看小說嗎，我說中學時看過許多，巴金、茅盾的小說，還有武俠小說，因為我讀的那個學校，從小學三年級就讀英語，中學時也看過幾本英文小說如《小婦人》、《傲慢與偏見》、《戰爭與和平》等。他說真看不少書，那為什麼讀生物系。我說我喜歡理科，看小說只是消遣。會面時他常給我講遊記或一些趣事。我既得最清楚的是穆罕默德（伊斯蘭教創立人）的生平。後來我們比較熟了，他才談到，他怎樣從緬甸野人山九死一生到了印度，又回到昆明。他曾向我介紹他的家庭情況，我感覺他對母親非常孝順，對姊妹感情很深，責任心強，只是看上去沉默寡言，不易接近，相處久了，感覺他很熱情，能體貼人。有一次他忽然向我要一張相片，他說要給母親看。我說沒有。他說去照一張。我有些不高興，我想我認識好幾位哥哥們的同學，人家都沒有要相片。不過去美國以前，

我還是送給他一張相片。當時良錚給我的印象是一位瘦瘦的青年，講話有風趣，很文靜，談起文學、寫詩很有見解，人也漂亮。

當時國民黨政府公費留學名額很少，大多考生都改為自費留學生，可向政府購買官價外匯，比黑市要便宜好多。本來良錚打算和我一同赴美留學，後來我才知道他的父母和妹妹都需要他贍養幫助，他不僅要籌款購買外匯，還必須留一筆安家費，因而他在 1947 年冬去上海、南京找工作。1948 年 3 月，我由上海坐「高登將軍號」郵輪出國。良錚從南京來送行，一直送我上船，還送了幾本書和一張相片，相片反面寫著：

「風暴，遠路，寂寞的夜晚。

丟失，記憶，永續的時間，

所有科學不能祛除的恐懼

讓我在你底懷裡得到安憩——」

這張相片是八十年代從「文革」後退回的雜物中找到的。良錚隨聯合國糧農組織去泰國曼谷後，我每周都收到他的信。信的內容非常有意思，有時描寫泰國的風土人情，有時也談泰國的經濟。他說生活很容易，不用太累就可以生活得很好，只是天氣太熱，待路費賺夠，就去美國。他還寄給我很多他在泰國各地照的相片，這些信我一直保留著，直到「文化大革命」前我才燒掉。這些信，增進了我們的感情和相互了解。

良錚 1949 年 8 月抵美。在舊金山遇到珏良二哥回國，他把身邊的幾十美元托二哥帶回北京給他母親。他本來打算去紐約哥倫比亞大學英文系就讀。當時他更喜歡哥大。在芝加哥停留一周，就去了紐約。他動員我轉學哥大，我因剛讀完碩士學位，準備博士生的資格考試，不願意換學校。他去紐約只待了三天，又回到芝加哥，在芝大英國文學系就讀。他住在靠地鐵附近的一家小旅店，房間很小，共用衛生設備，房租很便

宜。他每天吃煉乳、麵包、花生醬，有時也買碎牛肉罐頭，水果吃最便宜的橘子、葡萄等，當時一毛多錢一斤。

1949 年 12 月，我們坐火車，去佛羅里達州的一個小城結婚。當時我五哥呆良在那裡一個研究所做博士後。結婚儀式很簡單。在市政廳登記。證婚人是呆良和另一位心理學教授。我穿的是中國帶去的旗袍，良錚穿的是一套棕色西服。一般正式場合都要穿藏青色，他不肯花錢買，就湊合穿著這套已有的西服。呆良訂了一個結婚蛋糕。參加儀式的還有幾位他的同事。我們住在大西洋岸邊的一個小旅館一周，然後返回芝城。

婚後我們和一位芝大同學合住一套公寓房間。來往的朋友很多，每周末都有聚會，打橋牌、舞會等。陳省身先生是芝大數學系教授，我們常去他家，陪他打橋牌，然後吃一頓美餐。那時我很愛玩，良錚從不干涉。幾十年我們共同生活，各自幹自己喜愛的事，各自有自己的朋友。在美國讀書時，良錚除了讀英國文學方面的課程，還選了俄國文學課程，每天背俄語單詞。我們生活並不富裕，但如果同學有困難，他總竭力幫助。他待人以誠，大家都喜歡他。我們的家總是那麼熱鬧。八十年代，我去美國探親，遇到幾位老同學說，「你們在芝大時是最熱鬧的時期，你們走了，大家都散了，也不經常聚會了。」

1950 年春天，原抗日遠征軍的將領羅又倫夫婦忽然來芝加哥訪問，我們共同參觀了芝大校園、芝城博物館、美術館等。那時我和良錚非常喜歡印象派畫，芝加哥美術館有很多印象派畫家的畫。良錚最喜歡荷蘭畫家梵高的畫。這位畫家一生坎坷，他活著時想用他的畫換一杯啤酒，都沒有人肯換。我們還去參觀了芝加哥一個屠宰場（全美最大的），在中國餐館共進午餐。良錚和羅又倫談的最多的是中外詩歌，並建議他多看些古詩，如陶淵明、李白、杜甫等。羅的情緒不高，正在美國旅遊，

準備回台灣，羅只說了一句「歡迎你們隨時回台灣」。在回家的路上，良錚對我說：「在中國打了敗仗，軍人不吃香。」以後再也沒有羅的消息了。

在美國讀書，多數人完全靠半工半讀維持生活。一般實驗室都沒有助教，所有工作都由研究生幹，每周幹多少小時，由自己決定。由於生活問題，一般至少每周幹二十小時，晚間也可以去幹。在獲得博士學位前，我在芝大新成立的生物物理和生物化學研究所幹活。那是個新成立的所，除了幾位教授，下面具體做實驗的人員很少，他們非常歡迎我去工作。在我獲得博士學位後，由於準備回國，臨時幹，每周可拿到二百元工資（當時在實驗室幹活，每小時一元），那裡教授非常喜歡我，願意我留下。良錚不找工作，只是在郵局幹臨時工。他寫的一些英文詩已在刊物上發表。有位外國友人和我說「你丈夫的詩寫得非常好，他會成為大詩人」。

芝大有一個國際公寓，各國留學生都住在那兒，我也曾在那兒住過。婚後，我們雖然住私人公寓，周末仍常去參加舞會，打橋牌。許多中國同學去那兒聊天。良錚總是和一些同學在回國問題上爭論。有些同學認為他是共產黨員。我說如果真是共產黨員，他就不這麼直率了。我總勸他不要這麼激動。他說作為中國人要有愛國心、民族自尊心。當時學生中各種思想都有，最多的是觀望派。一些朋友勸我們看一看。當時我已經工作。良錚的二哥良釗為我們安排去印度德里大學教書。美國南部一些州的大學經常去芝大聘請教授，如果我們去南方一些大學教書，很容易。良錚不找任何工作，一心要回國。

三

我們婚後，良錚就準備回國，動員我不必讀了，回去算了。我不同意，甚至說「你要回去先走，我讀完學位就回去」。當時美國政府的政策是不允許讀理工科博士畢業生回國，文科不限制。良錚爲了讓我和他一同回國，找了律師，還請我的指導教師寫證明信，證明我所學與國防無關。在 1950 年就開始辦理回國手續。良錚的意思，是我拿了學位就立刻回國。可是美國移民局一直沒有批准，直到 1952 年才批准回香港。實際上香港只允許我們過境，當我們坐的郵輪到達香港附近，我們這幾位回大陸的旅客就被中國旅行社用小船把我們送到九龍火車站附近，上岸後就有香港警察押送到九龍車站。在車站檢查很嚴，然後關在車站的一間小屋裡，門口有警察，不准出屋，停留了幾小時，有香港警察押送上火車。火車開了一小段，又都下車，因這段車軌不相接，走了一小段，再上火車，在深圳停留了一天，等待審查。然後去廣州，住在留學人員招待所，填寫了各種表格，住了一周審查完畢，才離開廣州。

我們從廣州去了上海，因爲我是姑母撫養長大的。姑母住在上海。我們見到良錚的好友蕭珊同志，當她知道良錚有很好的俄文基礎後，建議他多搞翻譯，介紹俄國文學給中國讀者。回到北方後，在分配到南開大學以前，良錚基本上住在北京家中，日以繼夜翻譯季摩菲耶夫著的《文學原理》。1953 年 5 月分配到南大外文系，除了完成教學任務，業餘時間仍搞翻譯。

良錚工作勤奮，不僅教學工作得到學生的好評，而且很快翻譯出版了《文學原理》、《波爾塔瓦》、《青銅騎士》等，這引起一些人的嫉恨。當時他和另一位副教授爲了挽留解放前倡建南大外文系的老教授陳

某，還曾發起召開過一次挽留這位教授的座談會。1954 年，正值李希凡、
藍翎等批判俞平伯研究《紅樓夢》的觀點，南大中文系和外文系共同召
開的《紅樓夢》批判會上，良錚剛發言，只說了一句話，就被召集人阻
止，良錚立刻離開了會場，在場的另一位教授說，這樣做不對，要大家
把話說完。當場召集人卻大發雷霆。這就是所謂「外文系事件」。沒有
料到這竟成了良錚後來被定為「歷史反革命」的依據之一。

1955 年肅反運動，良錚是肅反對象，我也不能參加系裡肅反會議，
後來才聽說本來打算把我列為肅反對象，可是歷史上實在找不到任何藉
口，只好讓我在家裡「幫助」良錚。他每天上午八時就到外文系交代問
題，中午回家飯吃不下，晚上覺也睡不著，苦思苦想。我勸他有什麼事
都說了吧，問題交代清楚也就沒事了。領導說他不老實，連國民黨員身
分都不肯交代。實際上他真不是國民黨員。他當英文翻譯時，杜聿明、
羅又倫兩位將軍經常和他談論文學、詩歌，非常喜歡他寫的詩，有時讓
他讀詩。良錚非常苦惱沒有可交代的，可是又被逼著交代。1956 年，按
一般政治歷史問題予以結論，我們也都放心了。

1956 年「大鳴大放」期間，《人民日報》副刊主編袁水拍向良錚約
稿。他寫了《九十九家爭鳴記》發表在 1957 年 7 月 5 日《人民日報》副
刊上，後來這首詩被批判為「毒草」、「向黨進攻」，也被作為定罪的
依據之一。1958 年，突然收到法院判決書，良錚被定為「歷史反革命」。
良錚拿到判決書，過了兩天，先去告訴我父親周叔弢，然後把我叫到父
親家才告訴我。判決書上寫著如不服此判，可上訴。和家人商量，認為
這種判決上訴無門，不可能勝訴，只能逆來順受。當時許多青年學生被
定為右派，下放農村勞改，良錚雖被定為「歷史反革命」，機關管制三
年，每月發生活費 60 元，但仍和家人住在一起。他從不抱怨，只是沉默

寡言，自己承受著極大的痛苦而不外露。從此我們家沒有親朋登門，過著孤寂的生活。所謂「監督勞動」，就是掃地，圖書館樓道和廁所每天至少打掃兩次，原有的工人監督他勞動。晚間回家寫思想匯報，認罪反省，每周去南大保衛處匯報思想，每逢節假日被集中到保衛處寫思想匯報。1962 年初，雖然解除管制，但每逢「五一」、「十一」節假日，他要去圖書館寫檢查。他受管制三年，沒有告訴他父母，他們一直不知道。春節期間他不能帶孩子去北京拜年，只能推說忙，把二老接來天津。他被錯劃為「歷史反革命」後，我和孩子們經常受到歧視。有一次，英傳回來說，學校不讓他當少先隊大隊長了。孩子很傷心，他一言不發。有時過去的熟人見到我低頭過去。假裝沒看見，我很生氣，他反而勸我不要太認真，事情總會過去的。自從 1959 年被管制，直到以後的年代裡，良錚很少和親友來往，連信也不寫，他主動不和幾位好友如蕭珊、杜運燮等去信，怕給人家找麻煩。晚間孩子們經常鬧著講故事，他給孩子們講「西遊記」、「三國演義」等，講到高興時，和孩子們開懷大笑。因此，我經常鼓勵他和孩子們玩。有時周日去我父親家，他總和父親談文學，也給侄輩們講故事。孩子們最愛聽他講故事。

　　1966 年「文化大革命」一開始，每天上下午南大附中附小的紅衛兵都來家「破四舊」。書籍、手稿、一些家庭生活用品、被褥、衣服都當「四舊」被拉走。當時我們住南大東村平房，大門一星期未關，每天家裡地上都有亂七八糟一大堆雜物。孩子們常從亂物中撿一些書、手稿和日用品等。家具被砸爛、沙發布用剪刀剪開。這時良錚已被集中勞改，每晚回家，看見滿屋貼著「砸爛反革命份子 xxx 狗頭」，一言不發，有時默默地整理被擲在地上的書和稿件。

　　1968 年，我家的住房被搶占，我們的家具、被褥和日用品全部被擲

在後門外，放在露天下一整天，無人過問。當時學校很亂，一切機構都不起作用，直到天黑了，我們一家六口人仍無處可去。我只好去八里台找了兩輛平板三輪車，把堆在露天下的物品，運到 13 宿舍門口。非常感謝兩位三輪車老師傅為我們解了憂。然後良錚和「牛鬼蛇神」們把物品搬到 13 宿舍 3 樓。從此我們一家六口人被掃地出門，搬到一間僅十七平方米，朝西的房間。這間住房我們住了五年。許多物品、沙發、書箱都放在樓道和廁所裡。屋裡放了兩張床和一個書桌。這張桌子又是切菜做飯的地方，又是飯桌和書桌。每天等大家吃完飯，良錚把桌上的雜物整理到一邊，就在桌子一角開始工作到深夜。不久清理階級隊伍，良錚被集中，我被關押在生物系教學樓。剩下四個孩子，不僅自己做飯，還要給我送飯。一次小瑗（僅十一歲）由於做飯勞累，暈倒在公用廁所，不醒人事。後來鄰居去廁所才發現，抬回房間，也僅給她喝了一杯糖水。

1970 年林彪「一號通令」下達，南大所有「牛鬼蛇神」連同子女一律下放農村。我帶著四個孩子到河北省完縣一村莊，良錚單獨去另一村莊，相聚幾十里，基本上不通音信。不久中小學開學，四個孩子回天津了，良錚和我仍各自留在完縣勞改。有一天，大致快過春節，天氣很冷，良錚忽然來看我，我說自從到完縣已來沒有收到孩子們的信，也沒有他的消息，我見到他，控制不住眼淚。他看著我，勸我說「收到孩子們的信，都很好」，還說「事情總會過去的，要耐心，不要惦著孩子」。他帶了一小包花生米和幾塊一分錢一塊的水果糖。幾個月沒見面，他又黃又瘦，精神疲乏，他只是安慰我「要忍耐，事情總會弄清楚的」。他還負疚地一遍又一遍說：「我是罪魁禍首，不是因為我，一家人不會這樣。」我看到他眼中含著淚水，臉色非常難看，便安慰他：「我也是特務，應該受到懲罰。」說了幾句話，他準備走了，要走幾十里才能回到

住處。他非要把那包花生米和幾塊糖留下，我堅持不要，他說：「你暈了，吃塊糖也好些。」我說：「身體還可以，也不想吃零食。」他說，「要多注意身體」。互道保重後，他就走了，停留不到半小時。我送他到村口，看他走遠了，才回村。從後面看，良錚已經是個老人了，當時他僅五十二歲。回村後，我立即被批鬥，「傳達了甚麼情報，老實交代」。眞是天曉得。那時我的旅行包，經常有人檢查，如果看到藏著花生米和水果糖，恐怕不知要批鬥多少次。

1971 年，當時的革命委員會開恩，另外分配給我們學生第六宿舍一層陰面、水房旁邊的一間小屋，良錚非常高興，每天勞動回來，忙著吃飯，提著舊藍布包去那間又冷又潮的小屋埋頭譯詩。這時小英已去內蒙五原縣插隊，小明和他住在那間小屋裡。

1972 年，落實政策，還因爲我五哥呆良由美國回來探親，我們搬回東村 70 號（原住處）。良錚和老同學呂某經常去文廟舊書店買了大量舊書，其中有魯迅的雜文，陶淵明、李白、杜甫的詩集，還有許多英文書，在魯迅雜文集的扉頁，他寫下：「有一分熱，發一分光」。「四人幫」打倒後，他高興地對我說：「希望不久又能寫詩了」，還說「相信手中這隻筆，還會重新恢復青春」。我意識到他又開始寫詩，就說「咱們過些平安的日子吧，你不要再寫了」。他無可奈何地點點頭。我後來愧恨當時不理解他，阻止他寫詩，使他的夙願不能成爲現實，最後留下的二十多首絕筆，都是背著我寫下的。他去世後，在整理他的遺物時，孩子們找到一張小紙條，上面寫著密密麻麻的小字，一些是已發表的詩的題目，另外一些可能也是詩的題目，沒有找到詩，也許沒有寫，也許寫了又撕了，永遠也找不到了。後來我家老保姆告訴我，在良錚去醫院動手術前些天，字簍裡常有撕碎的紙屑，孩子們也見到爸爸撕了好多稿紙。

當時只要他談到寫詩，我總加以阻止。想起這一些，我非常後悔。這個錯誤終身無法彌補。他常說，「一個人到世界上來總要留下足跡。」

　　良錚譯詩，是全身心投入，是用全部心寫重新創作，經常為一行詩，甚至一個字，深夜不能入睡。他常說，拜倫和普希金的詩，如果沒有注釋，讀者不容易看明白。他的每本譯詩都有完整的注釋。偶爾他也對我說，「這句詩的注釋就是找不到。」為了一個注釋，他要跑天津、北京各大學圖書館、北京圖書館等。他跌傷腿以後，還拄著拐杖去南大圖書館找注釋。尤其《唐璜》的注釋，他花費了大量的精力和時間，查閱了大量文獻，雖然出版時未被採用，至今我還保留著厚厚一本注釋。去醫院進行手術前，他曾對我說：「我已經把我最喜愛的拜倫和普希金的詩都譯完，也都整理好了。」他還對最小的女兒小平說：「你最小，希望你好好保存這個小手提箱的譯稿，也可能等你老了，這些稿件才有出版的希望。」他最關心的是他的譯詩，詩就是他的生命，他去世前沒給家人留下遺言，這些就是他的遺言。

　　1993 年 7 月，秋吉久紀夫先生（日本詩人，漢學家）來訪問我，說他準備出日文版《穆旦詩集》，想要一張相片。他挑選了一張良錚微笑的相片。他說：「雖然穆旦後半生在寂寞中渡過，苦難二十年，承受著來自各方的壓力，但他對未來充滿希望，笑對人生。」

　　我們家的不幸遭遇，孩子們一直到 1966 年「文化大革命」抄家貼大字報才知道。良錚和我不願意讓孩子們幼小的心靈承受壓力。良錚非常喜愛子女。小英四歲就用油泥做各種動物造型，還做飛機、輪船、汽車、大砲，良錚總是鼓勵他，表揚他做得好。經常下班回來給他帶油泥。有時小英把捏好的各種動物造型、汽車、輪船排列放在小桌上，良錚看了十分高興。後來稍大一些，十歲左右，小英用洋鐵罐頭做輪船，上面掛

著國旗，塗上各種油漆，一直保留到「文化大革命」才被砸爛。1964 年，
良錚在八里台郵局給小英買了第一本《無線電》雜誌。後來小英去插隊，
他總去郵局買《無線電》，為小英保存著。小英十歲開始做礦石收音機，
後來做電子管收音機，再做半導體，他看了很高興。在「文革」期間，
他對我說，「小英動手能力強，將來讓他修理無線電吧」。小英插隊期
間，良錚為他買了中學數、理、化自然叢書，還購買了農、林、牧各方
面的雜誌和養豬、養雞、種果樹等技術書。他叫小英在農村好好幹，另
一方面要努力學習，做一個有知識的人。他最喜歡小女兒小平，在「文
革」期間他為她找不出更好的出路，他說「她有藝術天才，讓她學一門
樂器，也算有個專長」，後來選擇了琵琶，又託好友在上海買了一把昂
貴的紅木琵琶。他教大女兒小瑗學習英語，第一本書是《林肯傳》，並
讓她每天背單詞，還說「掌握一門外語，至少翻譯點東西，可以混口飯
吃」。小瑗初中畢業，由於小英已下農村插隊，她可留城，但由於家庭
關係，被分配到天津市第十三塑料廠，帶毒車間，並且三班倒，工廠在
密雲路，離家很遠，每逢早班，早晨五時離家，良錚總要起來，送她到
八里台汽車站，中班晚上 11 點多才能回家，他總去汽車站等她，尤其雪
花紛飛的寒冷季節和傾盆大雨的日子，他總出去接小瑗。我有時說，雨
這麼大，讓她自己回來，他總堅持去。孩子們一有病，他總是背起就去
醫院，尤其小明從小身體不好，經常低燒，他到處打聽如何醫治低燒，
中西醫針灸各種辦法都使用過；六十年代是吃豆腐渣的年代，良錚浮腫
得屬害，配給他一斤紅糖，他沒有吃一口，全留給小明。

　　良錚勞累一生，尤其他腿傷以後，我多麼希望他能歇一歇。他說：
「你不要阻止我去做我想做的事。」他對朋友說：「我不能再給家人添
麻煩了。」他腿傷後，總是拖著傷腿，自理一切。那時我要去參加一個

學術會議，因爲他腿傷，我不準備去，他鼓勵我「妳出去看看，這些年你也夠受的」，「等我動完手術，咱們出去旅遊，去黃山玩一次」。

可是，再沒有機會了。良錚回國二十多年，過的多半是受屈辱受折磨的日子。沒有好好休息過，當然更沒有遊覽黃山的機會，連他去世前答應要去北京、山西看看老朋友，也沒能去成。他走時，只有59歲啊！如果天假以年，現仍健在，他又能寫多少好詩，譯多少好書，更不要說與我暢遊黃山了。一想到這裡就不忍在想下去了。

良錚的一生光明磊落，樂於助人，珍重友誼，生活簡樸，雖然過早地離去，但他的名字和詩歌將永遠流傳下去。

作者簡介

周與良，穆旦夫人，1923 年 2 月 1 日生於天津，1946 年畢業於北平輔仁大學生物系，考入北平燕京大學攻讀研究生，1948 年赴美留學，1952 年獲美國芝加哥大學植物系博士學位。1953 年回國，一直在天津南開大學生物系任教。曾任南開大學微生物系教授，中國微生物學會常務理事，九三學社中央委員，全國婦聯執委，全國政協常委。2002 年 5 月 1 日病逝於美國。

憶父親

英　明　瑗　平

　　父親離開我們 10 年了。雖然時間總在無情地洗刷著記憶，但 10 年前的那一天仍好像是昨天。

　　1977 年 2 月 25 日，已經住進醫院一天而準備接受傷腿大手術的父親回家換衣，在醫院附近的公共汽車站等車時，他對一位偶遇的朋友說：「這一年腿傷把我關在屋裡，但是也做了不少事。《普希金抒情詩選集》，《拜倫詩選》，《歐根·奧涅金》都弄完了。」父親好像如釋重負。誰知當天午飯時，他突發心臟病，搶救不力，2 月 26 日凌晨 3 點，父親永遠離開了我們。他留下的最後一句話，是讓我們去休息；囑咐我們保存的唯一遺物，是一隻帆布小提箱。他在入院前幾天，曾對小平說：「你最小，希望你好好保存這些譯稿。也許要等你老了才可能出版。」整理父親遺物時我們打開提箱，裡面整整齊齊放滿了譯稿！每部譯稿的封面都清楚地標明了題目或是哪一部譯稿的注釋。看到此景，凡是稍微了解背景的人都會感到心靈的極大震動。因爲父親是在遭受精神壓抑和身體傷痛的雙重困擾下，在令人窒息的氣氛中，完成這些巨大而艱辛的工作的。

春蠶到死絲方盡

　　如果說父親由於緊張的工作，而無暇顧及我們兄妹四人的生活，那麼，對於我們的學習他卻極爲重視。當我們年幼時，他給我們買來能夠

啓發智力的玩具；開始學寫字時，他手把手地糾正我們的寫字姿勢；他常常要親自檢查我們的小學作業本，教導我們要認眞改正錯誤。受過正規教育的父親，希望我們也都能夠受到良好的教育，將來成爲對中國有用的人。他曾嚴肅地對我們說：「不想吃苦是學不到知識的。」言傳身教，勉勵我們刻苦學習。但父親沒有想到，1966 年開始的一場席捲中國的災難，不僅使他自己重遭劫難，而且強迫他吞下的這隻苦果還禍及子嗣，我們幾個孩子的命運，要受強加於父親的「問題」的擺布：小瑗初中畢業到一家小塑料廠當工人，小平在技校作鉗工，而受「株連」最爲突出的是小英。

小英自幼聰慧好學，小學時各種電動模型和半導體收音機就做得相當精巧，又是少年隊的大隊長。1969 年初中畢業後，由於是「黑五類」子女，生產建設兵團沒有資格去，1970 年到了內蒙古五原縣插隊落戶。由於勞動肯吃苦，工作積極，二年後就被選爲生產隊小隊長。1973 年初，小英給父母來信說，公社黨委已批准了他的入黨申請，並已經報到縣裡待批。另外，公社推薦他去縣裡參加大學招收學員的考試。接到信的那天，父親顯得很高興，他對母親說，「小英這孩子在農村幹得這麼好，能夠受到黨組織的器重，眞應當爲他高興。」晚飯時，他斟了一小杯酒。這是他遇到喜事時經常採取的慶祝方式。那天，全家都是喜洋洋的。可是結果卻是一場悲劇。雖然小英考試分數是全縣第一，但不能錄取，原因是父親有「問題」。一個月後，小英去縣裡詢問爲何入黨問題遲遲沒有消息，縣裡幹部明確說：入黨問題不能解決，原因同大學不錄取一樣，是你父親的問題。看過來信，父親幾天都一言不發，除了上班和吃飯，他都關上自己房門，埋頭譯詩，也許是想讓他的筆來分擔一些痛苦。有時，他好像是在懲罰自己。他不再吃鷄蛋，要留給小英回來吃；用了近

10年的一條洗臉毛巾也不讓換，「等小英能夠回來之日再換」。

　　1975年1月19日晚，在一處無路燈的樓群旁，當時心情很壞的父親騎車摔傷。為了不給受他的「問題」株連所苦的全家再增加負擔，他只是對我們說「沒關係，去做你們自己的事吧」，沒有讓我們送他去醫院檢查。事實上他已是股骨頸骨骨折，因延誤治療以至後來不得不動手術。只有當疼痛難忍時，才讓母親燒一塊熱磚給他熱敷止痛。他常常掙扎著自己起來料理生活。後來，傷痛稍減，能夠短時間坐一會兒時，他又拿起了譯筆。

　　那時，母親和我們或上班，或上學，小英仍在內蒙農村。每天早晨，因傷痛而睡眠很少的父親總是與我們同時起床，簡單地吃一點早飯後，就架著雙拐，坐到那張用了40多年的黑木椅上開始工作。偶爾進入他的房間，總是看到他在聚精會神地伏案寫作，或是執筆沉思，問話也常常得不到回答，看得出他那緊張的思維並沒有因此被打斷，譯起詩來，喝水、吃飯都常常忘記。1976年冬天，他房間的小煤爐，常常因沒有添煤而熄滅，冰冷的房間他好像全無感覺。晚飯是全家人一天內唯一可以聚在一起的時刻。有時，父親的情緒好一點或譯筆有得意之處，他會把譯詩拿到飯桌上念給我們聽，念到精彩處臉上會現出明朗的笑容。這時也許是父親最愉快的時刻，似乎全然忘記了傷痛以及一天艱辛工作的疲勞和當時艱難的處境。晚飯後他從不與我們待在一起，依然是關上房門工作，一直到很晚。1976年和1977年兩個除夕吃年夜飯時，父親要我們拍攝幾張全家合影。飯後，他照例架著拐走進他的房間，關上門繼續工作。外面鞭炮齊鳴，我們看電視的歡笑聲都不能吸引他中斷工作。

　　由於一天「三班」伏案工作，幾個月後，父親的傷腿情況惡化，陣發性疼痛迫使他不得不停止工作。但是，一旦疼痛稍有緩解，他馬上又

重新拿起筆來。母親勸他休息，他說：「不讓我工作，就等於讓我死。」
一位來訪的父親的老朋友問他為什麼在毫無出版可能的情況下做這樣艱
苦的工作，父親說：「這是我所喜愛做的工作。我覺得中國需要這些
詩。」1975 年，父親在魯迅的雜文集《熱風》的扉頁上寫道：「有一分
熱，發一分光，就像螢火一般，也可以在黑暗裡發一點光，不必等候炬
火。」他正是這樣，在淒風苦雨的十幾載中，執著地在中國譯壇發著光
和熱，在每天十幾個小時的緊張譯詩工作中，度過了他生命的最後一年。
直至他離世的前兩天：1977 年 2 月 24 日，父親將《歐根·奧涅金》的修
改稿的抄寫工作全部做完，才最後也是永遠停止了工作。

愛國、報國之心始終不渝

　　1973 年 4 月 29 日，南開大學校方通知父親，美籍華人王憲鐘來津想
見他。這是 20 年來，自美國來訪的第一位父親的老友。父親、母親帶著
小平如約來到天津第一飯店，同去的還有兩個天津大學人士「陪同」。
那天晚上，父親與客人談了兩個多小時，並贈送給王先生一冊 1957 年出
版的《歐根·奧涅金》。此後幾天，我們議論這件事時，流露出抱怨情
緒：美國生活那麼好，為什麼父親非要回來做「牛鬼蛇神」？王先生此
時回來受到貴賓式款待和領導的接見，而父親當時雖已從「勞改」牛棚
回到南開大學一年多，但每天早上仍要早上班半小時「自願」打掃廁所。
父親對我們的議論有所察覺。一天，他把我們叫到一起，問我們是不是
羨慕美國的物質生活。他嚴肅地說：「美國的物質文明是發達，但那是
屬於藍眼睛、黃頭髮人的，而我們是黃皮膚、黑頭髮。」他還說：「物
質不能代表一切，人不能像動物一樣活著，總要有人的抱負。」他諄諄
告誡我們要熱愛自己的祖國，他說：「中國再窮，也是自己的國家。我

們不能去依附他人做二等公民。」父親的話給我們留下深刻印象。但當時我們對父親說這些話的背景了解不多，因爲父親生前很少講起他的過去，直到他逝世後，我們才逐漸知道，父親一生追求光明和正義，對祖國對人民，有著深沉的愛。自少年時代起，他就關心國家的前途，體念人民大衆的疾苦，寫詩著文歌頌祖國和人民；在國家危難之際，他又抛棄舒適的生活，毅然登上緬甸抗日戰場；1947 年，他主持的一張報紙，因爲揭露社會的黑暗和報導人民的疾苦而被當局封閉；新中國成立之後，當時在美國的父親和母親，謝絕了親朋的挽留和邀請，克服了重重困難，毅然回國參加社會主義建設；回國後雖然道路坎坷，身心受到摧殘，但父親幾十年如一日，堅持利用業餘時間，爲祖國的文化事業做出了有目共睹的貢獻。這些，都是對父親一顆愛國赤子之心的最好寫照。此外，我們還回想起如下一些事情：

60 年代初，3 年的「勞動管制」雖然結束了，但是父親的許多公民基本權利並沒有得到恢復。爲此，父親下班後就關上房門伏案工作，很少和我們在一起。但有時也躲不過我們的「死纏」，星期日帶著我們上城裡去。他最喜歡去的地方是外文書店和古舊書店。在郍裡父親買了許多俄文或英文的有關普希金和詩歌的書籍，也常常爲小英買些做無線電的書和雜誌，還買《十萬個爲什麼》等書給我們讀。父親喜歡看雜技，有時也帶我們去看雜技或曲藝。他很少去大劇場，都是去勞動人民聚居的南市一帶的小劇場。父親非常關心國家經濟的發展，他常常把報紙上或書籍上的有關中國的鋼產量、石油產量、鐵路建設等資料收集起來，並將前後進行比較。他讓我們也這樣做，說：「這些報紙上的小資料很有用，積累起來就是一個小百科全書。」

1958 年以後父親雖然受到不公正的對待，但他沒有絲毫流露出從美

國歸來的後悔。他自覺接受改造，願意吃苦流汗，還在認眞學習馬恩和毛主席著作，每日寫思想匯報和改造日記，年終寫思想改造總結。他只是想通過認眞學習，努力勞動，深刻反省，能把自己「改造成新人」，能夠重新用他的譯筆爲廣大讀者服務。遺憾的是，父親的願望在他生前未能如願，1959 年以後，他再也沒能看到他的譯詩出版。

　　1985 年金秋，即父親離世 8 年後，我們突然收到出版社的一封通知，說《丘特切夫詩選》已經出版，讓我們去領取稿酬。這個突然的通知使全家人迷惑不解，母親也不記得父親曾譯過這樣一部書。結果大家都認爲是出版社弄錯了，母親馬上去信，請出版社再核對一下是否搞錯。幾天後出版社回信說，譯者無誤。是父親在 20 多年前即 1963 年寄給出版社的，但那時他的譯著不能出版。多虧出版社的妥善保護，使這部「凍結」20 餘年的譯著，在今天能夠與讀者見面。

歷盡艱辛譯《唐璜》

　　父親的那隻裝滿文稿的小帆布箱裡，最大最厚的一部是標明《唐璜》和《唐璜注釋》的文稿。這部千餘頁稿紙的譯稿雖然紙張粗糙且灰黃，但文字工整，多數稿紙上都有許多修改，封頁上有一行字：「1972 年 8 月 7 日起三次修改，距初譯約 11 年矣。」這就是父親一生耗工費時最巨，花費心血最多所譯的《唐璜》，這部文稿浸透了他艱辛的汗水，伴隨他走過了 10 餘年坎坷之路。

　　1962 年，父親解除了管制，在圖書館留用的一般職員。這時他開始了他的最大的一項翻譯計劃——《唐璜》的翻譯工作。白天他要勞動和匯報思想，只能把晚上和節假日都用於翻譯。幾年含辛茹苦，廢寢忘食地工作，到 1965 年，這部巨著終於譯完。正當父親把譯稿修改完畢，準

備抄寄給出版社時，「史無前例」的浩劫開始了。記得那年 8 月的一個晚上，一堆熊熊大火把我們家門前照得通明，牆上貼著「打倒」的大標語，幾個紅衛兵將一堆書籍、稿紙向火裡扔去。很晚了，從早上即被紅衛兵帶走的父親還沒有回來。母親很擔心。我們都坐在白天被「破四舊」弄得箱倒椅翻，滿地書紙的屋裡等他。直到午夜，父親才回來，臉色很難看，頭髮被剃成當時「牛鬼蛇神」流行的「陰陽頭」。他看見母親和我們仍在等他，還安慰我們說：「沒關係，只是陪鬥和交待『問題』，紅衛兵對我沒有過火行動……」母親拿來饅頭和熱開水讓他趕快吃一點。此時他看著滿地的碎紙，撕掉書皮的書和散亂的文稿，面色鐵青，一言不發。父親一貫是惜書如金的，他的書總是保持得乾淨而整潔，常翻看的書都要包上書皮。他還常常告訴我們看書時手要乾淨，要愛護書不要窩角，此情此景怎能不刺傷他的心呢！突然，他奔到一個箱蓋已被扔在一邊的書箱前，從書箱裡拿出一疊厚厚的稿紙，緊緊地抓在發抖的手裡。那正是他的心血的結晶《唐璜》譯稿。萬幸的是，紅衛兵只將它弄亂而未付之一炬！

正是這部劫後餘生的譯稿使父親在 70 年代初能夠鼓起勇氣重新整理修改《唐璜》。那時，我們全家已被趕出原住房，搬到一間十幾平米的東房裡。父親在天津郊區的大蘇莊勞改，母親下放到保定地區的完縣。比母親略好一點的是，父親可以每隔一周回家休息兩天。在這兩天時間裡，他除了為我們採購一些生活必需品之外，全部用來譯詩。在那間悶熱的、擠得滿滿的，小屋子的一角，堆放有醬油瓶和飯鍋的書桌就是他工作的地方。晚上我們都休息了，一隻小台燈仍伴著他工作到很晚。

1971 年，父親從農場被放了出來，回到南開大學圖書館。為解決住房的燃眉之急，領導在一個學生宿舍的一樓借給我們一間 10 平方米的小

屋，每天晚上，父親和小明去那裡睡覺。那時，父親除 8 小時的圖書館勞動外，還有「牛鬼蛇神」勞動。每天下班很晚，回家後匆匆吃了晚飯，很少與我們坐在一起休息一下，總是馬上就騎車去那間宿舍工作。小明 10 點多去那裡睡覺時，總是看見他仍伏在那張黑木飯桌上，在昏暗的燭光下工作（當時因電力不足常常停電）。有時他深夜醒來，看見父親還坐在那裡沉思或是在寫著。

正是由於這樣夜以繼日地緊張工作，到 1973 年中，《唐璜》終於全部整理、修改、注釋完畢。父親試探地給出版社寫信，詢問是否可接受出版。當收到出版社「寄來看看」的回言後，父親很興奮，覺得他的艱辛勞動換來的成果，還有得到社會承認的希望。他緊握著那封信，只是反覆地說著：「他們還是想看看的……」他親自去商店買來牛皮紙將譯稿包裹好，然後送往郵局。誰知，《唐璜》這一去猶如石沉大海，幾年杳無音信。

1976 年冬的一天，父親將寫好的一封信裝入信封。這又是懷著一紙希望寫信詢問《唐璜》。他不顧天寒風冷，堅持要自己去郵局發信。我們送他出門，看著穿著藍色舊棉襖舊棉褲，戴著一頂破舊棉帽，架著雙拐的父親，消失在陣陣的北風中。

1976 年 12 月，一個在北京的青年朋友受父親之託，去出版社詢問，才知《唐璜》仍留在那裡，由於譯者的身分不能出版，但編輯還是有意保留的。這個消息對於身殘臥病在家一年的父親是很大的鼓舞。他在很少寫的日記本上寫道：「76.12.9.得悉《唐璜》譯稿在出版社，可用。」這部父親傾注最多心血、花費最長時間所譯的譯稿送出版社 3 年多後，這是他第一次得到它的消息，也是他所知道的最後消息。兩個多月後，他就永遠離開了我們，沒有能夠看到《唐璜》的問世。感謝黨的三中全

會，迎來了文藝復興的春天，使《唐璜》得以在 1980 年秋與廣大讀者見面。那一天，我們手捧《唐璜》的時候，父親在燈下聚精會神工作的情景又浮現在眼前！父親爲了翻譯《唐璜》，經歷了多少艱難曲折，度過了多少不眠之夜，流過多少辛勤的汗水！如果他還活著，一定會和我們同慶這一天的，也一定會拿出酒，喝上一小杯……

　　1985 年 5 月 28 日，一個雨後的上午，我們把父親的骨灰安放在香山腳下萬安公墓的一塊樸素無華的刻著「詩人穆旦之墓」六字的墓碑下，墓室中同葬的，還有一部《唐璜》。我們心中輕輕地說：「爸爸，您安息吧，讓《唐璜》陪伴著您……」

1987 年 2 月

作者簡介

查英傳　穆旦的長子，1969 年到內蒙古五原縣插隊落戶，1978 年考入內蒙古大學電子系。

查明傳　穆旦的次子，1984 年天津中醫學院畢業。

查　瑗　穆旦的長女，1974 年初中畢業後在天津塑料廠當工人，1977 年考入北京大學化學系，1986 年在美國哥倫比亞大學獲博士學位。

查　平　穆旦的次女，1986 年在天津外語學院畢業。

國家圖書館出版品預行編目資料

海浪與思想—丘特切夫詩選 / 丘特切夫著；查良錚
譯. -- 初版. -- 臺北市：人間, 2011. 10
　面；　公分. -- （外國文學珍品系列；5）
　ISBN 978-986-6777-39-4（平裝）

880.51　　　　　　　　　　　　　　100016896

外國文學珍品系列 5

海浪與思想
——丘特切夫詩選

著◎丘特切夫
譯◎查良錚
出版者　人間出版社
發行人　呂正惠
社長　林怡君
地址　台北市長泰街 59 巷 7 號
電話　02-2337-0566
郵撥帳號　11746473 人間出版社
排版印刷　龍虎電腦排版股份有限公司
電話　02-8221-8866
登記證　局版台業字第三六八五號
初版　2011 年 10 月
定價　新台幣 200 元